KEITAI
SHOUSETSU
BUNKO
SINCE 2009

一番星のキミに恋するほどに切なくて。

涙鳴

○ STARTS
スターツ出版株式会社

ある日突然、余命3ヶ月と宣告された。
すべてに絶望して、
光を失ったあたしを見つけてくれたのは、
蓮……あなただった。

この光が強すぎる都会で、
どんなモノよりも輝いていた。
あなたは、あたしの"一番星"でした……。

今度は、あたしが
あなたを照らす"一番星"になりたい。
都会の光になんて負けない。
どんな光より強く、輝くよ。

余命3ヶ月と宣告された17歳のあの夜、
あたしは全力で命がけの恋をしました。

contents.

Chapter 1

出会いは奇跡のように　　　　　　　8

ふたりで見あげる星　　　　　　　21

それぞれの抱えるもの　　　　　　54

Chapter 2

忘れていた笑顔　　　　　　　　　84

コスモスと涙　　　　　　　　　112

かけがえのない大切なモノ　　　131

Chapter 3

蓮さんの看病　　　　　　　　　150

消えない傷に流れる涙　　　　　161

さよなら、大好きな人　　　　　184

Chapter 4

星たちのゆくえ	198
あなたと歩む軌跡	215
手紙	239

Chapter 5

なぞる星座のように	258
重ねた思い出と信じる未来	268
目覚めた先にある希望	285
一番星	310

文庫限定
After story

あなたと歩む未来	320

あとがき	330

Chapter 1

出会いは奇跡のように

【夢月side】

　時刻は23時45分。

　日付が変わる15分前だ。

　真夜中だっていうのに、都会の空はまぶしい。

　おかげで星も見えない。

「…………」

　あたし、杉沢夢月は無言で、怪しい光が溢れる街をひとり、徘徊していた。

「おぉっ……可愛いね、君」

「こんな時間にひとりで……誘ってるのかなぁ〜？」

　知らない男の人たちが、ぞろぞろとあたしを囲んだ。

　嫌……なに……？

　恐怖で体が動かない。

　そんなあたしの腕を、男がつかむ。

「ここじゃ目立つし……。あそこ行くぞ」

　そう言って男たちは、目の前の路地にあたしを引きずりこんだ。

「誰からヤル？　俺、お前のあとは絶対、嫌だかんな」

「あぁ？　そんなん、俺だって嫌に決まってんだろーが」

　男の人たちは、あたしを襲う気らしい。

　あぁ……あたしはバカだなぁ。

　こんな時間に、家を飛びだして……。

＊　＊　＊

『あたしは……受けません』

１週間前、あたしは白血病の宣告を受けた。

治療を受けなければ、あと３ヶ月で死んでしまうらしい。

『な、なに言ってるんだ!!　治療を受けなかったら、夢月ちゃんは……』

ここ数日、治療をする、しないの問答が続いている。

話し合いは平行線のまま。

今も「話がある」と声をかけられ、あたしはリビングで家族と向き合っていた。

あたしに必死に治療を勧めているのは、杉沢豊さん。ママの弟だ。

あたしのママとパパは、あたしが小学５年生のときに交通事故で他界した。

家族で遊園地へ行った帰りに、飲酒運転の車と衝突して命を落としたんだ。

幸い、あたしだけが運よく助かった。

『……いいんです。もう十分生きました……』

笑顔で言うあたしを見て、豊さんは辛そうな顔をしていた。

本当に、もう十分だ。

十分生きた。

それに……。

治療をしても、絶対に治る保障はないし、苦しい思いを

してまで生きる理由もない。

杉沢家の人たちは、優しい家族だった。

ママとパパが他界したとき、誰があたしを引き取るかで親戚中がもめていた。

あげくの果てに、あたしはいろんな家をたらい回しにされた。

そんなあたしをこころよく引き取ってくれたのは、杉沢家だった。

誰もがあたしを厄介者扱いする中、豊さんは私を養子として、家族の一員にしてくれたのだ。

いくら親子だとしても、治療費まで払わせて、甘えることはできない。

ただでさえ、あたしを養ってくれているのに……。

『豊さんには……たくさんよくしてもらいました……。もう、十分です』

豊さんには、19才で大学1年生の息子、喜一お兄ちゃんがいる。

離婚しているから奥さんはいない。

喜一お兄ちゃんの大学の授業料、あたしの治療費。

とてもじゃないけど……ひとりでは払えない。

『……ダメだ夢月。治療を受けよう？　俺もバイトするから！』

喜一お兄ちゃんは、あたしの肩をつかんで言い聞かせるように言った。

『……喜一お兄ちゃん、あたしはお兄ちゃんに苦労かけて

まで、治療したいなんて思わないよ？』

　いいんだ、これで……。

　あたしに治療を受けさせようと、豊さんと喜一お兄ちゃんが必死に説得してくる。

　こうやって大切にしてくれるだけで……あたしは幸せだ。

『もう、やめよう？　少し、体調が悪いんだ』

『夢月ちゃん……。そうだね、今日は休もう』

　豊さんは部屋まで付きそってくれた。

　あたしをベッドに寝かせて、布団をかける。

『……なんで……夢月ちゃんなんだ……』

　豊さんはくやしそうに顔を歪めて、あたしの頭を優しくなでた。

『……豊さん……そんなに悲しそうな顔しないでください』

　あたしが笑うと、豊さんはさらに辛そうな顔をする。

　喜一お兄ちゃんもそうだ。

　それがなによりも辛かった。

『おやすみ……夢月ちゃん』

　豊さんはあたしの頭をもう一度なでて、部屋を出ていった。

　——パタンッ。

『はぁ……』

　扉が閉まったと同時に、ため息が出る。

　あたしが白血病だとわかってから、ずっとこんな話し合

いが続いている。

　普通なら、生きたいとか、死にたくないって思うんだと思う。

　だけどあたしは、そこまでして生きたいなんて思わない。

　……豊さんや喜一お兄ちゃんとお別れになるのは悲しいけど。

　でもそれ以上に、あたしがいなくなることでふたりの負担がなくなるなら……離れた方がいいに決まってる。

　そう思っている自分がいる。

　この調子じゃ、明日もこの話し合いになるだろう。

　あたしはある決心をしていた。

　布団から出て、少し大きめのリュックに服を詰める。

　そう、必要最低限の荷物。

　私服に着替え、リュックを背負った。

　──ガラガラ。

　そっと窓を開けると、10月中旬の肌寒い風が、あたしの髪をなでる。

『……さよなら……豊さん、喜一お兄ちゃん……』

　もう一度部屋を見渡して、この家で過ごした思い出を振り返る。

　優しい人たち。

　失ってしまった家族の愛を注いでくれた、大好きな人たち。

　でも、今のあたしには、その愛情がすごく辛い。

　あたしは思いを絶ちきるように家を出た。

≪今まで、ありがとうございました≫

　机に１枚の書き置きを残して。

　いわゆる、家出というやつなのだけれど……。

＊　＊　＊

　……そして数時間後、今に至る。

　この怪しく光るネオンの輝きの中、星も霞むようなこの場所で、あたしは考えなしに家を飛びだしたことを後悔していた。

「どうしよう……」

　前にいる男たちを前に、なすすべもなく立ちつくす。

　──ガンッ!!

　ひとりの男があたしの両手首つかみ、壁に押しつけた。

「……嫌っ……痛い……」

　締めつけられる手首の痛みが、さらに恐怖を生む。

　怖い……どうなっちゃうんだろう……。

　怖いよ……。

　涙がにじんで、なによりも怖くて、相手の顔が見られない。

「……泣いてんの？　可愛い〜」

　ヘラヘラと笑いながら、あたしをジロジロと見てくる。

　獲物を捕らえた獣のような瞳。

　無意識のうちに体が震える。

　このままじゃ、あたし……。

本当に襲われちゃうんじゃ……。

「……おい」

　もうダメだ。

　そう思いはじめていたとき、地を這うような低い声が聞こえた。

　その瞬間、あたしを押さえつけていた重みが消えて、ベリッと男が引きはがされた。

　──ドカッ!!

「ぐふっ……」

　な、なに!?

　なにが起きたの!?

　状況を把握しようと頭をフル回転させていると、あたしのすぐ目の前にいた男が、今度は地面に転がっていた。

「……えっ……?」

　驚いて身を固める。

　あたしの目の前には、誰かの背中があった。

　広くて、大きな背中……。

　さっきまであんなに怖くてたまらなかったのに、なぜかその背中にとても安心した。

「死にたくなかったら失せろ……」

　顔は見えないけれど、この人の声は低くて、周りを圧倒する力を持っていた。

　あたしを襲おうとしていた男たちが後ずさる。

「おい……コイツ……。狼牙の総長じゃねーかよ……」

「やべぇって……う、うわぁぁっ!!」

ひとりが悲鳴をあげて逃げだすと、他の男たちも一緒に
逃げだした。

　難が去ると、あたしはヘナヘナと地面に座りこんだ。

「…………」

　怖かった……なにあれ……。

　あたし、もう少しで……襲われてた。

「おい、お前、こんな時間になにして……」

　目の前にいる男の人は、そこまで言って言葉を失った。

　理由はたぶん……あたしが泣いていたから。

「……ふぇっ……ううっ……ぐすっ……」

　涙が止まらない。

　生まれてはじめて、こんなに怖い思いをした。

　この人が助けてくれなかったら、どうなってたか……。

「……泣いてるのか？」

　男の人は座りこむあたしの目の前にしゃがみこんだ。

「……大丈夫だ、もういないだろ。だから泣くな」

　男の人は自分の服の袖で、ゴシゴシとあたしの涙をぬ
ぐってくれる。

「うん……」

　あたしがうなずくと、男の人は小さく笑って頭をなでて
きた。

　あらためて、目の前の男の人を見あげる。

　黒くてサラサラの髪。

　感情を宿さない瞳に、無表情な顔。

　とても綺麗な人……。

そう思った。

　男の人に綺麗なんて失礼かな……？

　それでも、純粋に綺麗な人だと思った。

「なんでこんな時間に……こんなところにいるんだ、お前は」

　咎めるように言われ、あたしはうつむいた。

　地面に転がっているリュックをギュッと抱きしめる。

「……お前……家出か？」

　あたしの荷物を見て納得したようにつぶやく男の人。

　あたしはコクンとうなずいた。

「……なにか……ワケありか？」

　男の人は心配そうにあたしを見つめる。

　見た目は怖くて……感情をあまり出さなそうな人。

　でも、今あたしに向けられているのは、優しい眼差しだった。

「……あ……あの……」

　とりあえず、お礼を言わないと。

　この人が助けてくれなかったら、今頃大変なことになっていた。

「……なんだ？」

　無表情のまま、男の人はあたしを見つめる。

「あ……の……助けてくれて、ありがとう……ございます」

　あたしはバッと頭をさげた。

　そんなあたしを、男の人は驚いたように目を見開いて見ていた。

Chapter 1 ≫ 17

「ククッ……お前、おもしろいヤツだな」

　小さく笑い、あたしの頭を優しくなでる。

　あれ……？

　これ、この人のクセなのかな……？

　さっきもこうやって頭をなでられた気がする。

　その手は優しくて、出会ったばかりだというのに安心できた。

「えっ……あ……」

　あたしがあわてていると、「悪い」と言って手を離した。

「……おい、家出娘」

「は、はいっ……」

　とっさに返事をしてしまったけれど、家出娘って……。

　なんか嫌な響きだなぁ。

　ムッとしていると、男の人の笑い声が聞こえた。

「ククク。見てて飽きないな……お前は」

　わ、笑われたっ？

　あたしは頬をふくらませ、男の人をにらむ。

　なんだかバカにされてるみたい。

「行く当てはあるのか？」

　男の人は急に真剣な顔をして、あたしを見つめる。

　この短時間にいろいろありすぎて忘れてたけど……。

　あたし、家出中だった……。

「行く当てなんかありません」、そういう意味をこめて、ブンブンッと首を横に振った。

　そんなあたしを、男の人は無言で見つめた。

え？　な、なんだろう？

なんか……見られてる？

あたしも男の人を見あげているため、必然的に見つめ合う形になってしまう。

「……はぁ……仕方ないか」

長い沈黙のあと、男の人は深いため息をついて立ちあがった。

それから、あたしを無表情のまま見おろす。

「お前、名前は？」

「えっと……夢月……」

ほそりと言うと、男の人は小さく笑った。

「……俺は、秋武蓮だ」

蓮さんはあたしに手を差し出す。

あたしはその手をじっと見つめた。

握手……？

「……蓮……さん……？」

あたしが小首を傾げていると、蓮さんはため息をついた。

えっ!?

蓮さん、ため息ついてる？

あたし、なにかしたのかな。

な、なにしたんだろう……。

もんもんとしていると、蓮さんはもう一度ため息をついて、口を開いた。

「……俺のところに来い」

……え？

一瞬、時間が止まってしまったような気がした。

急いで頭をフル回転させる。

俺のところに来いって……。

それって、どういう意味なのかな。

まさか……ど、どうしようっ!!

助けた見返りを求められてる!?

あれこれ考えていると、蓮さんは小さく笑った。

「……なにもしないから安心しろ。ガキに興味はない」

はっきり、そう言われてしまった。

自分の顔が熱くなるのがわかる。

カンちがいをした自分がはずかしい……。

それに、ガキって言われた。

あたし、もう高校2年生なのに……。

シュンとしていると、蓮さんは困ったように、頭のうしろをガシガシッとかいた。

「……そんな顔するな。対応に困る」

心底困ったような顔をする蓮さん。

「……ふふっ」

無表情を崩して、困った顔をする蓮さんが可愛くて、小さく笑ってしまった。

「……笑うな。ほら、どうするんだ?」

笑ったのがバレてしまったのか、咎められてしまった。

それから、蓮さんは差し出したままの手をさらに前に出す。

「一緒に、行きたい」

蓮さんについていったら、なにか変わるのかな。

　大切な人たちを、大切と思いながらも遠ざけるしかなくて。

　大切にされるたびに辛くなる。

　そんなあたしのうしろ向きな気持ちを……あたしの世界を変えてくれるような力強さを、蓮さんから感じるんだ。

　だから、あたしはその手を取った。

　そんなあたしに、蓮さんは小さな笑顔を浮かべる。

「夢月」

　星が霞むようなまぶしいネオンの街で、あたしはこの夜、蓮さんと出会ったのだった。

ふたりで見あげる星

【夢月side】

　——ガチャ、ガチャッ……キィィ。

「入れ」

「お、お邪魔します……」

　あたしは蓮さんの家に居候させてもらうことになった。

　蓮さんに促されるまま中に入ると、シンプルな部屋。

　物が少なくて、必要最低限しか置いていないような感じ
だった。

「わぁ……」

　マンションだけど、とても広い。

　モノトーンで統一されているから、大人の男の部屋って
感じだ。

　しかも、すべてが綺麗に整頓されている。

　蓮さんってＡ型なのかなぁ……。

　物が少ないからだとは思うけど、男の人の家ってもっと
汚いイメージがあった。

「……夢月、いつまでそこにいるつもりだ？」

　口を開けたままポカーンとしているあたしを、蓮さんは
あきれたように見ている。

　また気づかないうちに自分の世界に入りこんでいたみた
い。

　それより、なにより……。

蓮さん、あたしのこと呼び捨てで呼んでる。

　たしかに、あたしは名前しか言ってないから、必然的に名前で呼ぶことになるんだけど……。

　それってなんだか……恋人同士みたい……。

「……夢月」

「わっ」

　早くしろ、と蓮さんが目で訴えてきた。

「ごっ……ごめんなさいっ……」

　あたしはタタタタッと蓮さんに駆けよった。

「れ、蓮さんって綺麗好き？」

　あたしは気をそらせようと、部屋を見渡しながら尋ねる。

「……べつにそういうわけじゃない。あまりここには帰らないからな」

　そう言って蓮さんは、あたしの荷物を床に置いた。

　ここまで蓮さんがあたしの荷物を持ってくれていたのだ。

「……なんで、あまり家に帰らないの？」

　蓮さんの家は綺麗だけど、生活感が感じられなかった。

　なんだかさびしい部屋。

　それに、ひとつしかないベッド……。

　ひとり暮らしなのかな……？

「……いろいろ忙しくてな」

　蓮さんはソファに腰かける。

　そして、タバコに火をつけた。

　忙しいって、本当、蓮さんは何者なんだろう。

Chapter 1 >> 23

それに、タバコ吸うんだ……。

居候させてもらうんだし、もっと蓮さんのこと知りたいな。

あたしも蓮さんの隣に座ると、ギシッとソファのスプリングが鳴った。

隣に腰かけたあたしを、蓮さんは目を見開いて見つめている。

そして、くわえていたタバコを落とした。

──ジュッ。

火がついていたため、じゅうたんが少し焼けた。

「えっ……あっ……あぁっ!! じゅ、じゅうたんが!! や、焼け……焼けっ……み、水〜っ!」

あたしは急いでキッチンに向かい、その場にあったふきんを水で濡らした。

よくしぼってから、焼けたじゅうたんに駆けより、ふきんで押さえる。

「じゅ、じゅうたん火事が起こるところだったぁ……」

居候初日にして、家を失うところだった!!

ホッと息をついて、額の汗をぬぐう。

「おー……手際いいな」

蓮さんは感心したように言う。

蓮さん……。感心してる場合じゃないです。

なに、のん気に見てるんですか。

蓮さん、絶対ひとり暮らしできない。

いや、しちゃいけません!

気づいたら、家と一緒に自分も燃えてるパターンだよ。

「…………」

　無言で蓮さんを見つめる。

　口に出しては言えないから、目で訴えよう。

　"火にさわるのはやめてください"

「……なにか言いたそうだな」

　以心伝心！！

　あたしがなにか言いたそうだって気づいてくれた。

「えと、いつもタバコ吸ってるの？」

　毎日吸ってたら、体に悪い。

　それに、家にひとりでいたら危ないよ、蓮さん。

「……あ？　あぁ……ほぼ毎日吸ってるな。ないと落ちつかない」

　忙しいって言ってたし、ストレスたまってるのかな。

　毎日吸わないと落ちつかないって、相当忙しいんだ。

　蓮さんの体が心配だよ……。

「蓮さんは何歳なんですか？」

　すごく大人っぽいから、あたしより年上なのは確実なんだけど……。

「18」

「えっ!?」

　もっと年上だと思ったのに！！

　たったひとつしか変わらないなんて……じゃあ蓮さん、高校生かもしれないってこと？

「……なんで驚く」

怪訝そうにあたしを見る蓮さんの視線には気づかないふりをした。

「……えーと、もっと年上だと思ってたから」

「老けてるってことか……？」

　あたしはあわてて「ちがう」という意味をこめて、ブンブンッと首を横に振った。

「お前、いくつだ？」

「17……」

「本気か？」

　え？

　本気かってなに!?

　驚いている蓮さんに、今度はあたしが首を傾げる。

「中学生だろ」

　ガーン。

　蓮さんの小さなつぶやきが胸に突き刺さる。

　ひ、ひどいよ……。

　たしかに、背の順は小学校のときからずっと一番前。

　150センチしかないのだ。

　顔も童顔、幼児体型……。

　これって……あたしがいけないのかな。

「……気にするな」

「れ、蓮さん……。励ましてる？」

　傷をえぐった蓮さんになぐさめられてる……。

　全然なぐさめにならないよっ。

「そういう蓮さんは18には見えないよ！　高校生……って

こと？」

「……そうだ、高3」

　あ……やっぱり高校生なんだ。

　何度見ても高校生に見えないのは、なんでだろう。

　蓮さんの、この落ちつきすぎてるクールな雰囲気のせい？

「高校生が家出して平気なのか？」

　ドキン。

　あたしが考えていると、蓮さんが一番触れてほしくないことを尋ねてきた。

「……えっ……と……」

　なんて説明しよう……。

　一応あたしは病気だから、学校は休学になってるんだけど……。

「……出席……停止、みたいな……？」

　我ながら苦しい言い訳だ。

　みたいなって……。

「なにか、しでかしたのか？」

「う、うんまぁ……そんな感じかな……」

「……そうか」

　あ……ごまかせたみたい。

「蓮さんこそ、高校生なのにひとり暮らしなの？」

　いったい、どういうことなんだろう。

　あ、でも、もしかしたら、家族はこれから帰ってくるとか……。

Chapter 1 >> 27

　いや、こんな真夜中に？

　それは、ありえないよね……。

　なにか、複雑な事情があるのかもしれない。

「いろいろあってな、家族とは住んでない」

　もんもんと考えていると、蓮さんは先に答えをくれた。

「あっ……そうなんだ……」

　なんか、聞いちゃいけないような雰囲気。

　どうしよう、なにか別の話題を……そう思ってあたしは、もうひとつ気になっていたことを聞いてみることにした。

「あっ……そうだ、蓮さん」

　蓮さんに助けてもらったとき、男の人たちが蓮さんを見て狼牙がなんとかって言ってたのを思い出した。

「狼牙ってなに？」

「……俺のいる族の名前だ」

　サラッと恐ろしいことを言う蓮さんに、あたしは耳を疑った。

「族……？」

「……暴走族」

「暴走……えぇっ!?」

　あのバイクでブンブンする怖い集団の……。

　それでもって、頭につけたフランスパンみたいな……。

「リーゼント……」

　蓮さんの髪を見るけど、頭にフランスパンは乗っていない。

　蓮さんはちがう種類の暴走族なのかな？

「……現代の暴走族にリーゼントはいないぞ」

「そ、そうなんだ……。残念だなぁ」

「おい、気にするのはそこか？」

「うん」とうなずくと、蓮さんは小さく笑った。

「お前、怖いとか思わないのか？」

「どうせ死んじゃうんだし、怖いものなんて……」

笑うあたしを見て、蓮さんは眉間にシワを寄せた。

「……どういう意味だ？」

「……あっ……」

無意識だった……。

あたしのバカ！

余計なことを……。

「ほ、ほら、人間っていつかは死んじゃうでしょ？　だから……えと、まずは、なんでも受け入れるのが大切かなぁ、なんて……」

ううっ！　苦しまぎれだよ!!

あわててごまかしたから、お願い……どうか気づかないで……。

バレたら家に帰されちゃう……。

「……そういうことか」

「う、うん。そうそう」

とりあえず、ごまかせたみたいだ。

危なかったぁ……。

「そういえば、あたしを襲ってきた人たち、蓮さんのこと知ってたよね？」

蓮さんの顔を見ただけで逃げていったような……。
「あそこら辺は狼牙の縄張りだからな。それに、俺は狼牙の総長だから」
「そ、総長さんですか‼」
蓮さん、ますますすごい人なんだなって思い知らされる。
「じゃ、じゃあ、部下を従えたりとか！　タイマン張ったりとか‼」
「おい、落ちつけ」
身を乗り出すと、蓮さんは苦笑いした。
「それより、お前、そろそろ風呂入れ。寝る時間が遅くなるぞ」
「あ……」
言われて部屋の時計を見ると、とうに日付は変わり、２時を回っていた。
「話ならあとでいくらでも聞いてやるから、いつ寝落ちしてもいいようにしとけ」
そう言ってポイッとタオルを投げられる。
「ふぁい……」
ボフッと顔面にぶつかったそれを受け取って、言われたとおりお風呂に入ることにした。

──チャポン。
「あったかい……」
ずっと外にいたせいか、体が冷えきっていた。
10月といえど、夜はやっぱり冷える。

湯船に浸かると、体の芯から温まるようだ。

　図々しいとは思うけど、蓮さんより先にお風呂に入らせ
てもらっている。

　蓮さんのことをもっと知りたい……そんな気持ちから、
蓮さんを質問攻めにしてしまっていたなと反省する。

「ちょっと疲れてたかな……」

　やりすぎた……。

　お風呂出たら、ちゃんと謝ろう。

　ふと、自分の腕を見つめる。

　そこには無数の青あざができている。

　これは、白血病患者にできるもの。

　血小板が正常に作られなくて、血が止まりにくいから、
手をぶつけたりすると、すぐに内出血する。

「治療をしなければ、あと３ヶ月の命、かぁ……」

　したとしても、完治するかもわからないし、抗がん剤治
療はすごく辛いものだって聞いた。

　短くて長い、あたしの生きる時間。

　あたしが白血病だとわかったのは１週間前。

　登校中、38.5℃の発熱で倒れたことから始まった。

　最初はただの風邪だと診断されたけど、熱がいっこうに
さがらないため、血液検査をすることになった。

　それで……白血病だと判明。

　あたしの命に、リミットがついた。

「期間限定の命……」

　この命を終えるとき、あたしはなにを思うんだろう。

みんなの負担にならずに死ねることを喜ぶのだろうか。
　……今のあたしに、その答えはわからない。

「お風呂ありがとうです！」
　お風呂から出ると、蓮さんはベッドに横になっていた。
　あたしは首からタオルをかけて、蓮さんに駆けよる。
「早かったな」
　蓮さんはベッドに横になりながら、前髪をかきあげた。
　その仕草がなんだか色っぽい。
「……なんだ？」
　蓮さんは怪訝そうにあたしを見あげる。
　ドキンッ。
　心臓が飛びはねる。
　やっぱりカッコイイよね、蓮さん。
　モデルさんみたい。
「なんでも……ない。蓮さん、もう寝るの？」
　ベッドに肘をついて、蓮さんを見つめる。
「……俺も風呂に入る」
　蓮さんはベッドからおりて、さっさとお風呂へ行ってしまった。
「なんか……喜一お兄ちゃんとはちがうタイプのお兄ちゃん？」
　独り言なのに疑問形。
　それがなんだかおかしくて、笑ってしまった。
「ふあぁ〜……」

眠い。

今日はすごーく疲れた。

いろいろあったもんね。

さっきまで蓮さんが寝ていた大きなベッドに寝転ぶ。

今日、あたしは生まれてはじめて家出した。

外の世界に出て、怖い思いをした。

そして……。

蓮さんと出会った。

運命って、こういうことを言うのかな？

神様があたしと蓮さんをめぐり合わせた。

あたしが蓮さんと出会ったのには……意味があるのかな？

いつか、時が来たら姿を消さなきゃいけないけど、それまでは蓮さんに頼るしかない。

「……豊さん……喜一お兄ちゃん……」

心配、してるかな……してくれてたらいいな。

事故にあったとき、あたしが生き残ったことを、誰にも喜んでもらえなかった……。

そんなあたしでも、愛されているのだと……そう信じたかった。

目をつぶり、そんなことを考えているうちに、あたしは眠りの世界へと落ちていった。

『ねぇ、夢月？』

なつかしい、大好きな人の声が聞こえた。

「……マ……マ……?」

　もういないはずのママの声だ。

『夢月……』

「……パ……パ……?」

　パパの声までっ……。

　溢れだしそうになる涙を必死にこらえて、バッと体を起こす。

　すると……。

「……星が……」

　あたしは星空の下にいた。

　まるでプラネタリウムにいるみたいに、幾千の星に囲まれている。

　ここは……どこなの……?

『夢月……』

「ママ……どこにいるの?」

　声は聞こえるのに、姿が見えない。

　"人は死ぬと星になる"

　そんなことを前に聞いたことがある。

　だから空は、星でいっぱいなんだと……。

　この瞬く星の中に、ふたりはいるのかな。

『夢月、ごめんね……』

『夢月、ごめんな……』

　ふたりの声が遠くなる。

　謝らないで。

　謝るくらいなら、あたしも連れていってよ!!

もう生きられなくていいから……。

連れていって……。

星空に手を伸ばす。

だけど、それはあまりに高くて、手は届かない。

どんどん高く、遠ざかっていってしまう。

……触れられない……届かないよ……。

それを見つめながら絶望する。

あたしは、結局ひとり……。

ツゥゥ……。

頬になにかが伝う感覚で、意識が浮上する。

「……う……んっ……」

まぶたになにかが触れる。

それは、なにかをなぞるように頬へと移動した。

「ん……？」

ゆっくりと目を開けると、目の前に蓮さんの顔があった。

どうやら同じベッドで寝ていたようだ。

蓮さんに抱きしめられるような体勢になっている。

「……え……？」

「起きたか」

「……うん。おはよう……」

目を開けると、視界いっぱいに広がる蓮さんの顔。

そして、窓から差しこむ光に、今が朝なのだとわかった。

あたしは蓮さんに笑顔を浮かべる。

蓮さんの手はあたしの頬に触れたままだ。

「……おは……よう」

　そうあいさつはしたものの、蓮さんはどこかとまどって
いるように見えた。

「どうしたの？」

「なんでそんなことを聞く」

「……なんとなく、蓮さん、困った顔してるから」

　蓮さんがとまどってるような、なにか言いたそうな顔を
してたから……。

「……あぁ、鋭いな、お前。そうだな、……夢月、嫌な夢
でも見たのか？」

　唐突な質問に、あたしは目を見開いて蓮さんを見つめた。

「……どうして？」

　どうして、わかったんだろう……。

　あたし、パパとママの夢を見てた。

　ふたりが亡くなってから、ときどき見ては、あたしに絶
望だけを残す悲しい夢。

　白血病ってわかってから、見る頻度も増えた。

「……泣いてた」

「……えっ？」

　あたしの頬に触れている蓮さんの手に、自分の手を重ね
る。

「泣いてた……？」

　たしかに涙の跡がある。

　その部分の肌がカピカピしていた。

　今は乾いている。

たぶん、蓮さんが拭ってくれたから……。

「……たまに、見る夢が……」

今までなら、誰にも話そうとは思わなかった夢の話。

豊さんや喜一お兄ちゃんにも話したことないのに……。

蓮さんなら、あたしの話を聞いても、同情したりヘンな気を遣わずに受けとめてくれる気がして、つい話してしまった。

「……やっぱり怖い夢か？」

「すごく……幸せで、残酷な夢だったよ……」

本当に幸せで……悲しい夢だった。

夢は、叶わない願いを形にしてくれはするけど、目が覚めると、二度と手に届かないモノだという現実に絶望する。

「幸せだったから……悲しかった……」

幸せが大きすぎるほど、失うときの悲しみも大きくなる。

"永遠"なんてないのだから。

いつか必ず、終わるときが来るのを、あたしは痛いほど知っている。

「……お前の……考えてることはわからないけど、ひとつわかるとしたら、お前の痛みはお前にしかわからないってことだ」

「うん……」

あたしにしかわからない。

説明したって、他人事でしかないもんね。

それでも、蓮さんには話してしまった。

なんでだろう……。

Chapter 1 ≫ 37

「行くぞ」

　そう言って、蓮さんはベッドから出ると、あたしの頭を
なでる。

「えっ?　行くって……?」

　突然どうしたんだろう。

　蓮さんはとまどうあたしを無視して体を離すと、ツカツ
カと棚へ近づいて、あたしのリュックを手に取る。

「……着替えろ」

「ぶふっ!?」

　蓮さんはリュックをあたしに向かって投げた。

　それがみごとに顔面ストライク。

「痛いよ、蓮さん……」

「あ……悪い」

　一番被害の大きかった鼻をさする。

　痛いの痛いの、飛んでけっ!

　それにしても、「あ……」って……。

　蓮さんも顔面に当たるなんて予想外だったんだろうけ
ど、なにもリュックを投げなくても……。

「……とりあえず着替えろ」

「へっ?　あ、ラジャー!!」

　せっせと着替えようとパジャマのボタンを外すあたしを
見つめて、蓮さんは一瞬、呆気にとられていた。

「ククッ……」

「蓮さん……今、笑った?」

「……さあな。それより、お前、そのまま着替える気か?」

え？

早く着替えろって言ったのは蓮さんで……って、あ!!

あたし、蓮さんの目の前で普通に着替えてた！

「……っ!!　着替えるから、あっち向いてて!!」

「ようやく気づいたか。ラジャー」

「蓮さんっ！　怒るよっ！」

そんなやり取りをしながら、お互いに笑い合った。

なんか楽しいなぁ……。

いつぶりに、こんなに笑ったんだろう。

あたし、こんなに笑えたんだね。

　　――ブーンッブンブンッ!!

「わぁっ!!」

家を出て駐車場まで来ると、蓮さんは大きなバイクにまたがり、ハンドルを握った。

バイクだ!!

なんか、すっごく蓮さんに似合ってる。

それにしても、エンジン音がすごい。

耳が痛くなるほど大きいのだ。

「……こっち向け」

「え？　……わっ！」

　　――カポッ。

蓮さんはあたしにヘルメットを被せた。

「落ちないように俺にしがみついておけ」

「あ、はい!!」

あたしはうしろにまたがり、どこにつかまろうかと手を
さまよわせる。
　えっと、こういうときは肩？
　腰？　どこにつかまるの!?
「おい、死なれたら困る」
　ギュッ。
　蓮さんはあたしの腕をつかみ、自分の腰に回した。
　あぁ、ここにつかまるんだ。
　でも、なんかはずかしいな、この体勢……。
　まるで、蓮さんに、抱きついてるみたい。
「うぅ……」
「……夢月、どうした？」
　蓮さんは不思議そうに、バックミラーごしにあたしを見
つめる。
　わわっ!!　見ないでっ！
　今、あたしすごく顔赤いよっ!!
　あたしの顔をちょっぴり隠してくれるヘルメットに、少
しだけ感謝した。
「ちゃんとつかまってろ」
「うん」
　言われたとおりにしがみつくと、蓮さんはうなずいた。
　そして、バイクで蓮さんに連れられるまま、あたしたち
は出発した。

　30分くらいバイクを走らせてたどり着いたのは、ショッ

ピングモールだった。

「こっちだ」

「えっ？　……わわっ！」

　目的地に着き、蓮さんはそそくさとあたしの手を引く。

　ここ……ショッピングモールだけど、お買い物？

　困惑しながら蓮さんの背中を見つめる。

「入るぞ」

「へっ？　……あ、うん！」

　急に振り向いたと思ったら、迷うことなくレディース
ショップに入っていった。

　なんか、すごく周りの人に見られている。

「あの人、すごくカッコイイね」

「うん！　超クールな感じ！」

　やっぱり。

　蓮さん、カッコイイもんね。

　一緒にいるあたし、絶対妹とか思われてるよ。

「着てこい」

「わっ！？」

　キョロキョロしていると、ドサッと服の山を渡された。

　そのせいで前が見えない。

「着てこいって……。これをすべて……でしょうか……」

「こっちに試着室がある」

　な、流されたっ！？

　試着室の場所なんか聞いてないよー！！

　蓮さんはとまどうあたしを試着室の中に押しこんだ。

Chapter 1 >> 41

——パタンッ。

「これは……どんな状況……なのかな？」

　服の山を見つめる。

　……着ろってことだよね。

　とりあえず、一番上にあった服に袖を通した。

　試着室の扉を開けると、壁に寄りかかる蓮さんがあたし

をじっと見つめた。

「どどど、どうでしょう……」

　ゴクンッ。

　唾を飲む。

　蓮さんが選んだ服は、薄い水色のワンピースだった。

　可愛いし、センスもすごくいいんだけど……。

　はたして、あたしに似合うのかな……。

　期待はしないでください。

　自分に魅力がないのは十分、理解してるんだから。

「……悪くない」

「へっ？」

　い、今なんて……？

　わ、悪くないって……。

　お世辞でもうれしいっ。

「……あ、ありがとうっ……」

　ついつい笑みがこぼれてしまう。

　蓮さんに言われると、なんか自信がついちゃう。

「これ、包装してくれ」

　蓮さんの指示に、あたしが脱いだ服の山をお店の人が包

装していく。

「え！　それ全部!?」

　軽く上下３セットくらいあるよ!?

「ありがとうございました」

　蓮さんは店員さんから服を受け取り、さっさと歩きだす。

「えっ、あの！　お金っ……」

　リュックをガサガサとあさる。

　高いよ、この服！

　お金足りるかなぁ……。

「いらない。早くしろ」

「……えっ!?」

　あたしの手が蓮さんに握られる。

　冷たくて大きな手。

　手が冷たい人ほど、心が温かいって言うよね……。

　蓮さんは、こんなあたしにすごく優しくしてくれる。

　蓮さんにとってあたしはお荷物でしかないのに、どうし
てこんなに面倒を見てくれるんだろう。

　甘えてばかりで、優しくされることに少しとまどう。

「……あ、ありがとう」

「……着替えがあれだけじゃ生活できないだろ。次、行く
ぞ」

　あぁ、だから……。

　蓮さんはあたしに服を買ってくれたんだ。

　こんなあたしを気遣ってくれたのが、すごくうれしい。

　優しくしてくれて……ありがとう……。

Chapter 1 ≫ 43

　前を歩く蓮さんの背中に、心の中でお礼を言った。

「腹は空いたか？」

　あれからいろんなショップを回った。

　服に靴に、アクセサリーまで買ってもらってしまった。

　下着はさすがに自分で買ってこいってなったけど……。

　ていうか、蓮さんって、お金持ちなのかな……？

　ひとつひとつの値段すら高いのに、総額聞いたら倒れ
ちゃうよ……。

「……夢月」

「あっ……お腹だっけ！　す、空いたです……」

「……なら、飯食うか」

「うんっ」

　蓮さんとあたしは、近場のファミリーレストランに入っ
た。

　──カランカラン。

「いらっしゃいませ。2名様ですね。おタバコは吸われま
すか？」

「タバコはご飯じゃないよ？」

「ククッ、それはわかってる」

　あたしの言い方がおかしかったのか、蓮さんはあたしを
見て笑った。

「……じゃあ、禁煙席で」

　すると、蓮さんがそう答えた。

　あれ……？

いいのかな……。

「蓮さん、タバコ吸わないの？」

「タバコはご飯じゃないんだろ？」

「蓮さん……」

あたしに気を遣ってくれたんだ。

「ありがとう。居候なのに、えらそうにしてごめんなさい」

「ご案内します」と言った店員さんについていくと、窓際の席に案内された。

「そんなこと気にするな。ガキのくせに、気ぃ遣いやがって」

蓮さんは小さく笑い、あたしの頭をガシガシとなでた。

「ガキって、あたしはもう17なのに……」

蓮さん、あたしのこと子供扱いしてる。

むくれていると、蓮さんは「ぷっ」と噴きだした。

その笑顔を見たら、なんだかうれしくて、どうでもよくなってしまった。

そして、しばらくしてから料理が出てきた。

「……おいしいっ」

あたしが頼んだのはハンバーグとクリームソーダ。

我ながら、色気がないと思う。

こういうとき、女の子は口が汚れないようなメニューを選んだりするんだよね。

それに、また子供って思われるかな……。

チラリと蓮さんを見ると、ボーッと窓の外を見つめてい

た。

　わぁ……蓮さんって、横顔も綺麗なんだなぁ……。

　って、ジロジロ見すぎだ、あたし。

　蓮さんにバレていないことを確認すると、ホッと息を吐く。

「蓮さんは食べないの？」

　目の前でコーヒーを飲む蓮さん。

　ご飯、食べないのかな？

　そういえば蓮さん、なにか頼んでたっけ？

「……腹が空かない……」

　蓮さんは眠そうに目をこする。

　蓮さん、もしかして低血圧？

　朝起きてすぐに家を出たから……。

　それって……あたしのために……？

　でも……。

「……朝も食べてないんだから、食べなきゃダメだよ！」

　自分のハンバーグをひと口大に切って、フォークに刺した。

　それを、眠そうにしている蓮さんに差し出す。

「……なんだ？」

「ね？　食べて？」

「……いらない」

「た、食べなさい！」

　ちょっと強く言いすぎたかなと不安になりながらも、一歩も引かないあたしを無言で見つめる蓮さん。

それから深いため息をついて、ハンバーグを口にした。

「コーヒーばっかり飲んでたら、コーヒーになっちゃうよ？」

「……ならないだろ」

「タバコばっか吸ってたら煙に……」

「ならないな」

「物の例えです！」

　蓮さんとのはじめての食事は、楽しかった。

　どうやら蓮さんは、ご飯をあんまり食べてないみたい。

　迷惑じゃなかったら、これからはあたしが作ろうかな。

　あたしは、密かにそう決意したのだった。

「蓮さん！　あたしも持つよ！」

「……いい」

　蓮さんは、あたしのために買った服を全部持ってくれていた。

「だって……」

　あたしの荷物なのに、しかも買ってもらったのに、蓮さんに持ってもらうのは、悪いよ……。

　今はレストランを出て、ふたりでまたショッピングモールを散策してるんだけど……。

　蓮さん、疲れてないかな？

　蓮さんの買い物、なにもしてないし……。

　ていうか、まだ買うつもりなのかな？

　もう十分だよっ！！

「……お前じゃ無理だ。荷物で潰れる」

　蓮さん、それは大げさだよ!!

　実際、片手で持てるほどの量だし、潰れるほどの荷物じゃ
ない。

　これなら私にだって持てる。

「だ、大丈夫だよっ」

「…………」

　む、無視ですかっ……。

　蓮さんってば、過保護すぎだよっ……。

「わぁ〜綺麗！　あたし、結婚するときは絶対あんなウェ
ディングドレス着る!!」

　仕方なく蓮さんのあとをトボトボついていくと、すぐ近
くで女の子たちの甲高い声が聞こえた。

　そちらに視線を向けると、ウェディングドレスが飾られ
ているショーウィンドウに張りつく女子高生がふたりい
る。

「あっはは！　彼氏もいないくせに、なに言ってんのよ」

「うるさいなぁ！　これからよ、これから！」

　そう言ってふたり組の女子高生は行ってしまった。

　立ちどまってあたしもそのウィンドウを見つめる。

「夢月？」

　綺麗なウェディングドレス。

　上半身はタイトで、スカートはふんわりとボリュームの
あるプリンセスラインのドレスだ。

　年頃の女の子は、やっぱりこういうのに惹かれるもんな

んだよね。

　いつか……なんて望まない。

　望んだって……絶対に叶わないんだから。

「……お前も、ああいうのに興味あるのか？」

　立ちどまったあたしに気づいて、少し先にいた蓮さんが戻ってきた。

　蓮さんもあたしと同じように、ウェディングドレスを見ている。

「……えーと……。興味はあるけど……」

　だって、あと３ヶ月しかないのに、あたし。

　そんなこと、考えたことなかった。

「こればっかりは無理だなって思って」

「……お前でも、結婚くらいできるだろ、若いんだし」

　蓮さんはなにをカンちがいしたのか、あたしをなぐさめはじめた。

「蓮さん……」

　お前でもって……意外とひどいな、蓮さん。

　胸が痛いよ……。

「……蓮さんだって若いのに！　彼女とかいないの？」

「いたら、お前を拾ったりしないだろ」

　た、たしかに……。

　そっか、蓮さん、彼女いないんだ。

　なんでかわからないけど、ホッとした。

「もっと大人になってからでいいだろ」

「……うーん……。そうだね……」

あたしは曖昧に笑った。

大人になんて、なれない。

あたしは結婚なんてできないよ……。

時間は、あたしを待ってはくれない。

あたしが死んだら、時はあたしを置いて、無情に流れていくんだ。

「夢月、行くぞ」

ほんやりしていたあたしの手を、蓮さんが引いた。

ついさっきまで悲しみと苦しみにとらわれていたあたしを、この温かい手が救いあげてくれる。

「うん!!」

あたしはうなずいて、蓮さんとショッピングモールを回った。

歯ブラシにマグカップ、日用品を買いそろえると、あたしたちはショッピングモールを後にした。

「わぁ～っ……」

目の前に広がる光景に感動する。

空いっぱいの星、星、星。

茜から群青色へと変わろうとする空を、両手を広げて見あげた。

帰る途中蓮さんは寄るところがあると言って、この公園に来た。

蓮さんの行きつけらしい。

「綺麗っ!」

「……ここは星がよく見えるからな」

——カチッ。

蓮さんはタバコに火をつけた。

ふいに、蓮さんが星を見たくなるときって、どんなとき
なんだろう？と気になった。

「蓮さんにも、星を見あげたくなるときがあるの？」

「まぁ……な」

にごすような蓮さんの口調に、なんとなくそれ以上は聞
けなくなってしまった。

だから、もう一度、星空を見あげることにする。

「すごいなぁ……こんなに星が近くに感じる」

でも……近くに感じることはできても、それに届くこと
はない。

近いようで、ずっとずっと遠い。

「……星が好きか？」

「うん！　この地球上から見える中で一番好きかもしれな
い」

「……いっそのこと、星と結婚したらどうだ」

小さく笑いながら蓮さんは冗談を言う。

蓮さん、絶対楽しんでるよ。

「……いいかもね！」

まぁ、近い将来、星になるあたしは、それもいいかもし
れないと思った。

「冗談だ」

「うーん、あたし、星と結婚する！」

あたしは強くうなずき、蓮さんに笑いかけた。

「……病院行くか？」

「やめてー！　正気だから！」

　頭がおかしくなったって思ってる！

　蓮さんってば、失礼だなぁ、もう!!

「それに、もう病院は十分……」

「十分って……お前、どっか悪いのか？」

「……えっ……？」

　夜空に散りばめられた星から視線を外して、蓮さんを見る。

　蓮さんは真剣な瞳であたしを見ていた。

「……やっぱり悪いのか？」

「ぜ、全然。このとおり、元気だよ」

　バンザイして見せると、蓮さんは安心したように笑みを浮かべた。

　よかった……バレなくて。

　ときどき口がすべっちゃうな。

　というより、蓮さんが鋭いのかも。

「あっ……一番星、あれかな？」

　よーく目を凝らして夜空を見つめる。

　その中にひときわ輝く星があった。

「……一番星？　どれも一緒だろ」

　蓮さんも、あたしと同じように空を見あげる。

「ちがいまーす！　一番星は日が暮れてから最初に見える星で、ほら見て、今見える星の中で一番明るいあの星だよ」

ほらあそこ、と夜空を指さすと、蓮さんもその方向を見る。

「……あー……どれだ？」

「あそこっ！」

「……あ？」

「蓮さん……今どの辺見てる？」

「……どの辺だろうな」

　そんなやり取りがおもしろくて笑ってしまう。

　誰かとこうやって星を眺めるのはいいかもしれない。

「あ……あれか……」

　どうやら見つけられたようだ。

　そのまま、しばらくふたりで一番星を見つめる。

「人間って、死んだら星になるんだって」

「……星に？」

「うん。だから、星はこんなにたくさんあるんだね」

　あたしも死んだら、星になるのかな……。

「……こんなに多いと、誰が誰だかわからないだろ」

「うーん……そうだよねー……。あっ！　じゃあ、あたしは一番星になるよ！」

　どんな星よりも早く出てきて空を照らす。

　どんな星よりも輝いて、"あたしはここだよ"って伝える。

「……夢月はまだ死なないだろ。もっと年取ってから言え」

「わっ……」

　ガシガシッと蓮さんに頭をなでられる。

「あっ、蓮さんはタバコ吸いすぎ！　長生きできないよ？」

「吸わない方が生きてけない」

「蓮さん、未成年なのに」

「今どき、めずらしくもないだろ」

聞く耳を持たない蓮さんに、あたしはため息をついた。

蓮さんのところで居候している間は、蓮さんのこと、あたしがしっかり見てないと。

やらなきゃいけないことがたくさんありそうだ。

いつか来る終わりの瞬間まで、蓮さんのそばにいさせてもらうしか、あたしには道がない。

一緒に過ごす時間が増えたら……。

蓮さんはあたしがいなくなったとき、悲しんでくれますか?

「……行くぞ」

「……うん!」

涙を流して……くれますか……?

1日があっという間に過ぎ去っていく。

時間は止まってくれない。

幸せな時間はいつも……。

星が瞬くように、一瞬にして終わってしまう。

それぞれの抱えるもの

【夢月side】

家出してから2週間ちょっとたった。

最近、貧血みたいな感じで、動悸や頭がクラクラするような……体のだるさを感じることが多くなった気がする。

前はここまでひどくなかったのにな……。

体の変化が、命の終わりを嫌でも感じさせる。

ひとりでいると、1日1日が長く感じて、不安に胸がズンッと重くなって、苦しい。

いつか蓮さんと離れる日が来ると思うと……。

ううん、そんなこと想像したくない。

体のだるさと不安を感じながら、点滅するスマホの画面を見つめる。

豊さんと喜一お兄ちゃん、そして親友の亜里沙から、スマホに着信とメールが何件も入っていた。

≪豊：早く帰っておいで。心配してる≫

≪喜一：夢月！　どこ行ったんだよ！　電話してくれ！≫

≪亜里沙：学校ずっと休んでるけど、どうしたの!?　心配です、連絡ちょうだい!!≫

あたしは、もうあの場所には帰れない。

みんながあたしを大切に思ってくれているのは知ってる。

でも、あたしが死んでしまうことを考えると……。

お互いに失う痛みは大きい。

　離れていた方がいいに決まってる。

≪夢月：あたしは大丈夫です。心配かけてごめんなさい≫

　それだけ３人に送って、スマホの電源を落とした。

「蓮さん！　朝ですよー」

「…………」

「ご飯ですよー」

「……ん……」

「……やっぱり起きない!!」

　最近、こうして蓮さんを起こすのがあたしの日課となった。

　蓮さんの健康を考えて朝ご飯も作っている。

　なんかお嫁さんになった気分。

　こんな優しくて、それでいて顔もカッコいい旦那さんがいたら幸せだろうなぁ……。

「蓮さーん……起きてー」

　ふにふにと蓮さんの頬を突つくけど、動かない。

　一回寝ちゃうと全然起きないんだよね。

「お味噌汁が冷めちゃうよーっ」

　せっかく作ったんだから、あったかいうちに食べてほしい。

　こうなったら……。

「うー……奥の手だ！」

　とか言ってるけど、毎朝使ってる。

　そーっと蓮さんの首筋をなでる。

蓮さんは首が弱いらしい。

　一緒に暮らしているうちに見つけた弱点だ。

「……っ!?」

　——バサバサバサッ!!

「……っ!!」

　小さな悲鳴とともに飛びおきた蓮さん。

　息を切らしてあたしをにらみつけている。

「……夢月……お前……」

「はーい、ご飯だよ!」

　あたしはご飯をよそってテーブルに並べた。

「……その起こし方、なんとかしてくれ」

　蓮さんは深いため息をついてテーブルの前に座った。

　そう言いながらも怒らない蓮さんは、なんだかんだで優しい。

「えーと、今日の朝ご飯はね、サバの塩焼き、あさりの味噌汁、卵焼き、大根のサラダです!」

「おぉ……すげーな」

　蓮さんは並べられた料理に目を見張っている。

　そんな蓮さんに大根サラダを取りわける。

「ありがとな」

　前にファミレスでご飯を食べたときに、蓮さん、言ってた。

　朝はお腹が空かないんだって。

　だけど……。

「タバコなんかより、ご飯を食べてね、蓮さん」

Chapter 1 ▶▶ 57

　蓮さんにはずっと元気でいてほしいから。

　あたしは、自分の塩焼きにジャボジャボと浸るくらいに醬油をかける。

　これがおいしいんだよね！

　蓮さんはサバの塩焼きを一口食べると、顔をほころばせた。

「あぁ、こんなうまい飯食えるなら、タバコより夢月の飯を選ぶ」

　よかった……。

「うまい……夢月、お前なんでこんなに料理ができるんだ？」

「うーん、家では料理担当だったからね」

「……そうか。夢月が来てから、俺の方が世話焼かれてるな」

　困ったような、それでいて優しい眼差しがあたしに向けられる。

　無表情が基本の蓮さんの、貴重な笑顔だ。

「あたしがそうしたいって思ったの、だから、いいの」

　あたしを助けてくれた蓮さんの役に立ちたいから……。

　蓮さんは、そんなあたしを見つめて「そうか」と言うと、うれしそうに小さく笑った。

「皿は俺が洗う」

　蓮さんはあたしの作ったご飯を全部食べてくれて、皿洗いまでしてくれる。

「ありがとう、蓮さん」

そんな蓮さんと過ごす時間は温かい。

もっともっと、蓮さんといられたらいいのに……。

皿洗いをする蓮さんを見つめながら、心の中で願った。

皿洗いを終えると、蓮さんはスーツに着替えはじめた。

「スーツなんて着て、どうしたの？」

ときどき、どこかへフラッと出かけるのは知ってた。

だけど、スーツを着て出かけるなんて、今までそんなことなかったのに……。

お金も持ってるし、ひとり暮らしだし、本当に蓮さんってば、何者？

「仕事だ」

なにか言いたげに見つめるあたしに気づいてか、蓮さんが言葉少なに答えてくれる。

「え、仕事……仕事してるの!?」

え、高校生なのに!?

驚いたまま固まっていると、「家の仕事を手伝ってるだけだ」と言って、キュッとネクタイを締めた。

「そうなんだ……あの、がんばって」

「……あぁ……。すぐ帰る」

なんだか憂鬱そうな顔に、あたしは首を傾げる。

仕事、嫌なのかな。

どんな仕事してるんだろう？

でも蓮さん、仕事のことは話したくなさそうだし、聞けないよね……。

Chapter 1 ▸▸ 59

　なにか、ワケがあるのかも。
「大丈夫？」
「……あぁ、大丈夫だ。ありがとな」
　ポンポンとあたしの頭を優しくなでて、家を出ていった。
　蓮さん……最近、元気ないんだよね。
　この２週間、蓮さんの無表情、無口がひどくなっている
気がする。
　あたしが何回呼んでもボーッとしてたり。
「どうか、蓮さんが辛い思いしませんように……」
　それだけを願いながら、あたしは家事を始めた。

　洗濯をして掃除機をかけたあと、夕飯の下準備に取りか
かる。
　今日は肉じゃがにしよう。
　材料を切りおわり、調味料の入っている棚を開けると、
大変なことに気づいた。
「……うー……醤油切れ……」
　味つけをするところで、肝心の醤油がないことに気がつ
いたのだ。
　醤油なしで、どうやって味をつけろと？
　蓮さんに買ってきてもらおうかとも思ったけど、蓮さん
がスーパーに行ったら……。
「おば様たちに殺されちゃう……」
　例えるなら、肉食動物の檻に入れられたウサギ？
　近くのスーパーは、タイムセールのときは動物園の猛

獣ゾーンと化す。

　そんなところにイケメンの蓮さんが行ったら、奥様方に襲われちゃう。

　スーパーは大混乱だよ！

　とりあえず、あたしが行くべきだよね。

　お財布を片手に、ラフな格好でマンションを出た。

　──ピッ。

「合計1260円です」

「あ、はい」

　お金を出しながら苦笑いする。

　醤油だけ買いにきたつもりなのに……。

　これも足りない、あれも足りないとかで、結局いろいろ買ってしまった。

　蓮さんから十分すぎるほどの食費を渡されているけど、ムダ遣いはしないように、節約しながらやりくりしていた。

「ふぅ……」

　買った物を袋に詰めて外に出ると、雲ひとつない空が広がっていた。

　もうすぐ午後4時を迎える空は茜色。

「……本日は快晴なり」

　それがあまりにも綺麗で、自然と笑みがこぼれた。

　外に出てきてよかったなぁ。

　空を見あげながら、マンションまでの道のりを歩く。

　蓮さんのマンションは、私の家や通っていた高校と近い。

Chapter 1 >> 61

　この時間じゃ学校も終わってるから、誰かと会わなきゃ
いいけど……。

　……家を出てから、もう2週間もたってるんだ。

　早いなぁ。

　前まではただこの命が終わるのを待っているだけで、1
日が長くて、苦しい時間でしかなかった。

　でも今は、蓮さんと過ごす時間がものすごい早さで過ぎ
ていく。

　このまま、こうしていられたら……。

「夢月っ!!」

「えっ……?」

　名前を呼ばれて振り返ると、同じクラスの親友、飯島亜
里沙がいた。

　制服を着ているから、下校途中なんだろう。

　やっぱり、放課後のこの時間に出歩くのはまずかったか
な。

　あたしはぎこちない笑みを返して、亜里沙に向きなおる。

「やっぱり……夢月だ!!　どうしたの?　学校ずっと来な
いし、連絡しても返事ないし……心配したんだよ!?」

　泣きそうな顔で、あたしに抱きついてくる。

　亜里沙……。

　中学からの親友で、人見知りなあたしとは正反対の明る
い女の子。

　そんなあたしたちが友達になったのは、中学に入学して
1週間くらいたった日のことだった。

自分から話しかけるようなタイプじゃなかったあたしは
ひとり、席で読書をするのが日課になっていた。

　友達が欲しくないわけじゃない。

　ただ、どうやったら友達ができるのかわからずにいた。

　そんなとき……。

『杉沢さん!!』

　あたしの机の前にやってきた女の子は、ゆるいパーマの
かかった肩まで伸びる茶髪に切れ長のまっすぐな目、整っ
た鼻筋、シャープな輪郭をしている綺麗な女の子だった。

『あたし、飯島亜里沙！　いつもなんの本を読んでるの？』

　ニコニコしながら、あたしの前の席にドカッと座った飯
島さん。

　元気で明るい女の子だなと思った。

『ケータイ小説……恋愛物だよ』

『あぁ！　あたしも好きだよ、つい最近読んだのはねぇ～』

　そう言って、マシンガンのように読んだケータイ小説の
話をする飯島さん。

『それ、あたしも知ってる！　すごくジーンと来るシーン
があって、最後は泣いちゃった』

　あたしと飯島さんの意外な共通点。

　これをきっかけに、あたしたちはお互いを下の名前で呼
ぶようになった。

　他にもなにかきっかけがあったのかはもう思い出せない
けれど、しいて言うなら、一緒にいると落ちついたり、波
長が合うから、あたしたちは親友になれたのかもしれない。

Chapter 1 ≫ 63

　そんな大切な親友を心配させてしまったことに胸が痛んだ。

「……ごめんね……心配かけて……」

　あたしはそれしか言えなかった。

　言えないよ……病気なんて……。

　もうすぐ死んでしまうなんて、絶対に言えない。

　亜里沙、きっと泣くから……。

「話せないなら無理に聞かない……でも、ひとりで抱えこまないでよ……？　夢月、いつもそうなんだから。たまには親友を頼んなさいよねっ……」

　涙を目にためながら、亜里沙は笑顔を浮かべた。

「亜里沙……」

　本当にごめんね……それから……。

　ありがとう……。

「夢月、もし時間あるなら、久しぶりに語らない？」

「うんっ！　じゃあ、あそこ行こっか」

　あたしと亜里沙は、目の前にあった公園に入った。

「あ〜ブランコ、何年ぶりだろーっ!!」

「あ、亜里沙っ！　そんなにこいだらブランコが壊れるよ！」

　亜里沙は全力でブランコをこいでいる。

「あたしよりブランコの心配〜？」

「亜里沙の心配をしてるの!!」

　いっつも全力なんだから。

遊ぶのも、笑うのも、泣くのも……。

　自分の気持ちにまっすぐな亜里沙が大好きだった。

　こんな風にブランコをこぐなんて、久しぶり。

　亜里沙がそばにいると、なんでも楽しく感じるから不思議なんだよね。

「ゆーづーきーっ!!」

「なーにーっ！」

　ブランコをこぎながら空へ向かって叫ぶ。

「夢月、笑えるようになったんだね！」

「えっ……？」

　ブランコをこぐ足が止まる。

　隣でブランコをこぐ、亜里沙を見つめた。

「最近の夢月、ずっと辛そうだった！　なにが夢月を変えてくれたかはわからないけど、本当によかった！」

　亜里沙……そんな風に思ってくれてたんだ。

　そういえば、病気だってわかってからのあたしは、亜里沙ともあまり話さなくなっていたかもしれない。

　あれは、白血病とわかって数日たった頃のこと。

　朝学校へ来て早々、あたしは深いため息をついた。

　病気だなんて……また優しい杉沢家の人たちに負担をかけてしまう……。

　ならいっそ、このままになにもせずに消えた方がいい。

　そう思うけど、豊さんも喜一お兄ちゃんも、それを止める。

正直、毎日続く治療をするかどうかの話し合いに、疲れ
てしまっていた。
『夢月、顔色悪いよ？　なんかあった？』
　そんなあたしに、亜里沙が声をかけてきた。
　あたしは作り笑いを浮かべて、フルフルと首を横に振っ
た。
『ううん、なんでもないよ』
『でも、さっきからずっとため息ついてるし……』
『大丈夫だから』
　なにか言いたげな亜里沙に、ただ大丈夫と言いはった。
『夢月……』
『ごめんね、少しひとりで考えたくて』
　はじめて、亜里沙を拒絶したかもしれない。
　だけど……亜里沙にまで、心配をかけたくなかった。
　親友を傷つけたくなかったんだ。

　キィ、キィと、亜里沙がブランコをこぐ音で我に返る。
　辛そうだった……か。
　あたしの嘘も、亜里沙にはバレバレだったのかもしれな
い。
　そして、あたしを変えたなにかは……きっと……。
「それは……」
　そう見えるのだとしたら、それはたぶん、蓮さんと出会っ
たからだ。
　蓮さんと過ごすうちに、いつの間にか笑えるようになっ

ていた。
「あたしだって夢月の味方だからね!!　夢月はひとりじゃ
ないからーっ!!」
「……亜……里沙……」
「話とか聞くからーっ!!」
「っふ……ぐすっ……」
　亜里沙の言葉がうれしくて、次から次へと涙が溢れる。
「ひとりでっ……ぐすっ……悩まないでーっ!!」
　叫んでいる亜里沙も泣いている。
　……亜里沙……。
　このとき、あたしがどれだけ亜里沙に救われたか知って
る……?
　亜里沙が親友でいてくれること、あたしの自慢だよ。
「夢月がいないと、あたしの話、誰が聞いてくれるの!!」
「ふふっ、おおげさだよ、亜里沙」
「おもしろいケータイ小説見つけたよーとか、新しいカ
フェが駅前にできたよーとか!!」
　それから、離れていた時間を埋めるように、彼氏が欲し
いとか、テストが近いとか、今度遊ぼうとか……たくさん
話をした。

「もっと夢月と話したかったなぁーっ」
「あたしもだよ……」
　暗くなってきた空に、あたしたちはなごり惜しい気持ち
でブランコをおり、歩きだす。

Chapter 1 ›› 67

　そして、公園の出口で向き合った。
「夢月が話してくれるまで、なにがあったのかは聞かない。
だけど、どんなときでも、どんな選択をしても、あたしは
夢月を応援するから」
「ありがとう……亜里沙は、いつもそうだよね」
　中学のとき、杉沢家にいても気を遣ってしまうあたしは、
よく放課後、教室に残っていた。
　大好きで優しい人たちだけど、やっぱり迷惑をかけてい
るんじゃないかと不安だったから。
　本当の娘じゃないことに引け目を感じて、家族に素直に
甘えられなかった。
　そんなあたしに、亜里沙は……。
『悩んでいるなら話して？』と声をかけてくれた。
　あたしが悩みを打ちあけると……。
『あたしは、夢月の優しくて素直なところが好きだよ。だ
から、大好きな親友にはいっぱい頼ってほしい。義理のお
父さんとお兄さんも、あたしと同じ気持ちだと思う。夢月
のこと、好きにならない人なんていないって、あたし、断
言できるんだから!』
　そう言ってくれたっけ。
　いつも笑顔で、どんなことでもあたしの背中を押してく
れる大切な存在。
「夢月のこと、待ってる人がいるってこと、忘れないで」
　そう言ってあたしの手を握る亜里沙に、あたしはまだ、
返せる答えを見つけられていなかった。

「ごめん、ありがとう、亜里沙」

　曖昧にしか返せないあたしに、亜里沙は優しく笑ってくれた。

「夢月、学校で待ってる。絶対、一緒に卒業しよう？」

「亜里沙……」

　卒業……か。

　今のあたしに、それを現実にする力はない。

　なのに、亜里沙の言葉が頭から離れない。

　待っていてくれる人……。

　あたしにもそんな人たちがいることを、最近になって知った。

　今まで、あたしはずっとひとりで生きてきたような、そんな気がしていたから。

　でも、そんな人たちを裏切ることになってしまう。

　あたしは、どうしたらいいんだろう……。

　──ガチャン。

　公園で亜里沙と別れてマンションに戻ってくる頃には、外はまっ暗になっていた。

「ただいまー……って、誰もいないよね」

　蓮さんはまだ帰ってこないだろうし。

　買った物を冷蔵庫にしまって、途中だった夕飯の仕度をする。

「肉じゃが、味つけしなきゃ」

　これでも、料理の腕には自信がある。

杉沢家にはお母さんがいなかったから、あたしがみんなのご飯を作っていた。

　あたしを引き取ってくれた杉沢家の役に立ちたくて、料理を始めたんだ。

「こんなところで役に立つとは思わなかったなぁ」

　あと２ヶ月半。

　こんな風に過ごすのも……いいかもしれない。

　でも、あたしが死んだとき、蓮さんはどう思うだろう。

　悲しんだり、泣いたりしてくれる？

　だとしたら、あたしは……蓮さんを悲しませてしまうんじゃ……。

　それでも、そばにいたいと思うのは、いけないことなのかな……。

「そうだ……お風呂も洗っておこう」

　蓮さんが帰ってきたら、すぐにでも入れるようにしておかなきゃね。

　あたしは沈む気持ちから目をそらすように、お風呂場へと向かった。

　——ジャ——ッ!!

「……ふぅっ……綺麗になった！」

　腰が痛い。

　ずっと同じ体勢だったからかな。

「……んぅ〜っ」

　シャワーを持ったまま座っていた体勢から立ちあがり、

背伸びをした瞬間……。

　グラッ。

「……っ!?」

　強いめまいがした。

　世界がグルグル回ってるみたい……。

「……うっ……おえっ……」

　冷や汗が止まらない。

　気持ち悪い……吐き気がする。

　あわてて浴槽に手をついて座りこんだ。

「……はぁっ……うっ……」

　息がしづらい。

　吐きそう。気持ち悪いよ……。

　こんなところでまた貧血……?

「……はっ……苦しっ……」

　──バタッ!!

　あれ……?

　床が目の前にある……。

　手に持っていたはずのシャワーの水があたしの服を濡ら
し、体が重くなっていく。

　あ……意識が……。

　誰か……。

　蓮さん……。

　そしてプツンッと、あたしは完全に意識を手放した。

　──ジャー。

「……お……っ……い……ゆ……き……」

　あれ……？

　シャワーの音に交じってなにか聞こえる……。

「……いっ……ゆ……きっ……」

　頬になにかが触れている。

　なんだろう……。

　その感覚に、一気に意識が浮上する。

「……んっ……」

　ゆっくりと目を開けると、ぼやっとなにかが見える。

「……おいっ……しっかりしろ!!」

　焦点がだんだん合ってきた。

「……あ……蓮……さ……ん」

　蓮さんだ……。

　帰ってきたんだ。

「しっかりしろ!!」

　必死にあたしの頬をたたいてる。

　なんでそんな顔してるの……？

「夢月っ！　わかるか？」

「……お帰り……なさ……」

「そんなこと言ってる場合じゃないだろ!!」

　いつもあんなに無表情で無関心な蓮さんが……こんなに
必死な顔をしている。

　なんでだろう……。

「……病院行くぞ」

　蓮さんのその言葉で、一気に意識がはっきりとした。

気づけば、あたしは蓮さんに抱きかかえられている。

　服もびしょびしょだし……。

「あたし……倒れたんだ……うっ……」

　まだ気持ち悪いな。

　それに、こんなところで倒れちゃうなんて……。

　蓮さんに、なんてごまかせばいいの……？

「……すぐ病院連れてってやるから！」

　蓮さんはあたしを抱きあげて外に出ると、そのまま車に
乗せた。

「これ、蓮さんの車？」

　蓮さん、車まで持ってたんだ。

　本当、何者……？

「あぁ、そうだ。それより、体調は大丈夫なのか！？」

「……だ、大丈夫……ただの貧血……」

「バカ野郎っ……そんな青い顔で、無理するな」

　蓮さんがあたしにシートベルトをつけてくれる。

「……知り合いに医者がいる。そこならまだやってるから
大丈夫だ」

「……でもっ……」

　病気だってバレちゃう。

　そしたら……もう蓮さんといられなくなっちゃうっ!!

　そんなの、絶対に嫌だよっ……。

「……黙れ」

　蓮さん、怒ってる？

　どうしよう。

もう逃げられないよ……。
「頼むから、おとなしくしてろ」
　精いっぱいの抵抗も虚しく、あたしは病院へ行くことに
なってしまった。

「……コイツ診てくれ」
「蓮、久しぶりねぇ。最近来ないから心配してたのよ？」
　蓮さんに連れてこられたのは、早瀬病院という大きな病
院だった。
「……あいさつはいいから、早くコイツを診てくれ」
「はいはい」
　蓮さんと話しているのは綺麗な女の人。
　27、8歳くらいかな……？
　最近来ないって……蓮さんの知り合いなのかな？
「藤島さん、彼女の頭のＣＴ撮って。あと、採血もね。出
しだい、結果ちょうだい」
　女の人の指示で、看護師さんたちが動きだす。

　検査をもろもろ終わらせて、あたしは診察室へと通され
た。
「えーと……」
「杉沢夢月……です」
「まだ顔色悪いわね。蓮、夢月ちゃんをこっちのベッドに
運んでちょうだい」
「あぁ」

蓮さんはあたしをベッドの上に優しくおろす。

そして、心配そうにあたしを見つめた。

蓮さん、怒ってた……。

あたしを心配してくれたからだ。

不安にさせて、病院にも連れてきてもらって、迷惑かけたくないのに、あたし……甘えてばっかりだよね。

ごめんね、蓮さん……。

申し訳ない気持ちでいっぱいで、蓮さんの顔を見られなかった。

「蓮は外で待ってて」

「……っ、わかった。夢月、ちゃんと診てもらえ」

それだけ言い残し、蓮さんは診察室を出ていく。

——パタン。

診察室の扉が閉まると同時に、女の人はあたしに笑顔を向けた。

「あたしは早瀬博美よ。これでも元暴走族の総長やっててね、族関係の患者も診てるの」

「総長……」

想像できない……。

綺麗でどこか品を感じさせる博美さんが暴走族なんて。

「ふふっ……意外かしら？ 蓮とは久しぶりに会ったわ。あたしの弟みたいなヤツでね。怪我をしてもここにはあんまり来ないから、何事かと思ったわ」

「……強がり」

「本当よねぇ……。って、ごめんなさいね。さぁ、診察し

ましょうか」

「あ……待ってください」

　もう隠せない。

　博美さんにはちゃんと言わないと。

「じつは……」

　あたしは体調のこと、家出したこと、蓮さんの家に居候させてもらっていることを話した。

「……白血病……なのよね？」

　博美さんは驚く様子もなく、ただ静かにそう言った。

「どうして……」

「あたしを誰だと思ってるの、これでも医者なのよ」

　博美さんは、驚くあたしの頭を優しくなでる。

　その顔は辛そうに歪んでいた。

「……治療をする気はないの？　可能性はあるのよ？　仮に治らないとしても、余命を延ばすことはできるかもしれないわ」

　あたしは首を横に振った。

　あたしはもう……あの家を出たときから、受け入れている。

　苦しい思いをしてまで生きたくない。

　もう十分生きた。

　死ぬのは怖いけど……もう受け入れたんだ。

「あたしは、こうなることをどこかで望んでたのかもしれません……」

　ママとパパが亡くなってから、ふたりのところへ行けたらと、何度願って泣いただろう。

それが、病気という形だったってだけのこと。

「……夢月ちゃん、あなた、いろいろ背負ってるのね」

　博美さんはあたしを抱きしめた。

「博美……さん……？」

　顔は見えないけど、泣いているのかもしれない。

　少し、体が震えていたから。

「でなきゃ、そんな悲しい顔、できないもの。あなたの心を変えられる存在が、現れてほしいわ」

「それなら……もう、います」

　小さく笑うと、博美さんは目を見開く。

「それは、蓮のことね？」

　あたしはうなずく。

「蓮さんは、なにも聞かずに、なにも話さないあたしに居場所をくれました。それに、すごく優しくしてくれるんです……」

　あたしには、返せるものはなにもないのに。

「蓮は……病気のことを知ってるの？」

「あ……」

　そのあとはなにも言えなくなってしまった。

「……知らないのね」

「……はい」

　あたしの病気を家族と学校の先生以外に話したのは、博美さんがはじめてだ。

「これからも話さないの？」

「……はい。蓮さんにまであたしの病気を背負わせるよう

なこと……できないです……」

　時が来たら……静かに姿を消そう。

　そう決めていた。

「そう……。これはあたしの意見だけど、蓮には話してあげてほしいわ。蓮はあなたを大事にしてるもの」

「蓮さんは優しいです。妹のように大事にしてくれてるのもわかってます。でも……」

　たからこそ……蓮さんには言えない。

　優しい人だから、きっと悲しむ。

　俺がもっと早く気づいていればって、自分を責めちゃうから……。

　そう、豊さんと喜一お兄ちゃんがそうだったみたいに。

「妹として……じゃなくて、女の子としてだと思うわよ」

「え……？」

「あんな必死な蓮……久しぶりに見たもの」

　博美さんはクスクスと笑う。

　蓮さんが……あたしを女として見てる……？

　そんなこと……ありえないよ。

　今までだって、ずっと子供扱いだったし……。

「ふふっ……まぁ、すべてはあなたしだいね。話すも話さないも、あなたが選ぶこと。でも、時は有限よ。それを忘れてはダメ」

「……はい……」

　あたしは……蓮さんにこの病気のことを話すことはあるのかな……？

それを聞いたらあなたはきっと、あたしを追い出すだろう。

　それだけは嫌だった。

　どんなに嘘を重ねても……蓮さんのそばにいたい。

　残された時間を、蓮さんの隣で生きること……。

　それが今のあたしの幸せ。

「また……来てもいいですか？」

「えぇ、もちろん。今度は、あなたが治療をしにくるのを待ってるわ」

　博美さん……。

　あたしは、どうするんだろう。

　自分で自分がわからない。

　でも、考えることさえもやめてしまっていた、答えのない問いに、今向き合っている。

　はっきりとわからない答えの中に、ただひとつだけ断言できること。

　それは……蓮さんのそばにいたいってこと。

　それだけは、はっきりとわかった。

　──ガチャン。

　部屋から出ると、蓮さんが駆けよってきた。

「夢月っ!!」

　蓮さんはなにか言いたげにあたしを見つめる。

　あたしに倒れた心当たりがあることに気づいているのに、やっぱり、蓮さんはなにも聞かないでくれる。

　なにも言えないのに、優しくされて……。

Chapter 1 >> 79

　あたし、ずるいよね……。

「蓮、夢月ちゃんは貧血ね。頭もとくに異常はないわよ」

　扉に寄りかかって腕組みをしながら、博美さんがかわり
に答えてくれる。

　その答えにあたしはホッとした。

　博美さん、話さないでくれたんだ……。

「そうか、よかっ……」

「でも、蓮。夢月ちゃんから目を離さないで」

　あたしの病気のことを言ってるんだとわかって、あたし
はあわてて博美さんの腕を、すがるようにつかんだ。

「博美さん……っ」

「ごめんね、夢月ちゃん。でも、あたしはあなたも蓮も、
両方大事なのよ」

　困ったように笑みを浮かべる博美さん。

　出会って間もないあたしのことも考えてくれたのは、う
れしかった。

　だけど、ここでバレたらあたしは、蓮さんのそばにいら
れなくなる。

　わがままだってわかってても……蓮さんのそばにいたい
よ。

　家出をしたときは、ここまで強くなにかをしたいって
思ったことはなかった。

　蓮さんの存在が、あたしの中でどんどん大きくなってい
る。

　いつか、蓮さんから離れなきゃいけないのに。

あたしはきっと、命がけの恋を……してしまったんだ。

　辛いってわかってるのに、この想いを消すことはもうできない。

「もうあんたしか、この子の心は変えられない」

「は？　なに言ってんだよ、博美さん」

　蓮さんは、怪訝そうに博美さんを見つめる。

「あたしからはこれ以上言えない。ただ……」

　博美さんはあたしを見て、悲しげに顔を歪めた。

「夢月ちゃんから目そらすんじゃないよ。そんで、なにを知っても、そばで守んな」

「……博美さん、なんか知ってんのか？」

「その答えは、あんたが見つけな」

　そう言って、博美さんは診察室へ入っていく。

　去り際、「待ってるわよ、夢月ちゃん」、そう言って手を振ってくれた。

　あたしたちだけが、病院の廊下に取り残される。

　あたしも蓮さんも、お互いになにを話せばいいのかわからず、沈黙が流れる。

　聞きたいことはたくさんあるはずなのに、踏み出すのが怖くて、言葉にできなかった。

「歩けるか？」

「あ……うん」

　しばらくして、蓮さんがあたしの手を引いて歩きだす。

　言葉にできないから、せめて繋がっていたくて、あたし

は繋いだ手にギュッと、力を入れる。

　すると、まるで返事をするかのように、蓮さんも手を握り返してくれた。

　そしてあたしたちは、手を繋ぎながら、会話らしい会話なんてなく、駐車場へと向かった。

　──バタン。

「……これ、羽織ってろ」

「うん……ありがとう」

　車に乗りこむと、蓮さんは自分が着ていたジャケットをあたしに手渡す。

　あ……温かい……。

　蓮さんの体温を感じると、安心する。

「行くぞ」

「あ、あの……蓮さん」

　車を走らせようとする蓮さんに、あたしはたまらず話しかけた。

「……どうした？」

「どうして、優しくしてくれるの？」

　ずっと気になっていた。

　あたしのために、そこまで必死になってくれる理由がわからない。

　優しくしてくれる理由を知りたい。

　あたしに、そこまでの価値があるの？

「なにも聞かずにいてくれるのは、どうして……」

　あたしは、どんなに優しくされても、なにも話せないの

に。

「俺は、夢月のこと……ちゃんと見てるつもりだった」

蓮さんは前を見つめたまま、話しだす。

「俺はお前を拾ったときから、なにかあんだろうってことは想像できた。けどよ、誰だって、話したくても話せねぇことがあんだろ」

「あ……」

それは、蓮さんにもあるってこと？

話したくても話せない、抱えている秘密が。

「だから、俺はお前に聞かねぇかわりに、自分で答えを探す。夢月、お前がなにを抱えてんのか……」

すると、蓮さんはあたしに視線を移し、そのまま見つめられる。

「ひとりになんてしねぇ。だから、俺を信じろ」

そう言って頭をなでてくれる蓮さんに、あたしは泣いてしまった。

あたしはもうとっくに、蓮さんを信じてる。

この人のそばにいる間は、その間だけは、苦しい時間を忘れられたから……。

Chapter 2

忘れていた笑顔

【夢月side】

　時刻は午後12時45分。

　午前中からずっと、蓮さんは爆睡中。

　今日は仕事がお休みらしい。

　博美さんの病院へ行った日から数日がたった。

　体調は、博美さんが処方してくれた貧血の薬のおかげで、いくらか楽になった。

　けれど、私の場合は骨髄で血球が作られないから、これじゃあ、輸血でもしない限り気休めにしかならないって、博美さんが教えてくれた。

　あたしはベッドで寝ている蓮さんの頬をちょんちょんと突いてみる。

　蓮さんからの返事はない。

「あたしが言うのもなんだけど、蓮さん、学校はいいの？」

　いつの間にか、同じベッドで寝るのが当たり前になっていた。

　最初は緊張したけど、今は一緒じゃないと落ちつかないから不思議。

　一緒に寝ても、蓮さんはなにもしてこないし、大切にしてくれてるんだってわかった。

　蓮さんのそばが一番安心できる。

　それにしても……３年生って、受験とか就活とか、忙し

いんじゃ……。

あ、でも、蓮さんは家の仕事を継ぐのかな？

「……単位落とさない程度に、行ってる……」

「わっ、起きてたの？」

「夢月の声で……起きた」

まだ寝ぼけ眼な蓮さんに、あたしはなんだか胸がトクンッと高鳴った。

寝ぼけてる蓮さん、可愛いなぁ……。

「え、じゃあ蓮さん、今日は学校行かなくて大丈夫なの？」

そう、期待をこめて尋ねると、「ぐう」と、蓮さんのいびきが返ってきた。

どうやら、また眠りの世界に旅立ってしまったらしい。

あたしはつまらなくなって、寝室からリビングへ向かうと、途方に暮れた。

昨日も疲れきった顔で帰ってきた蓮さんを起こすのはかわいそうだし……かといって、やることもないし。

昼ご飯の準備はもうできている。

洗濯もしたし、少し休もうかな。

そう思ってソファに腰かけたとき……。

——ドンドンドンッ!!

激しく玄関のドアをたたく音がした。

「えっ……？」

な、何事でしょうか!?

あわててドアに駆けより、そっとのぞき穴をのぞくと。

「ひっ……」

ガラの悪い人たちがたくさんいた。

　え？

　借金取り……？

　──ドンドンドンッ!!

　ど、どうしよう!!

　蓮さん呼んだ方がいいかな!？

　ドアの前でワタワタとあわてていると……。

「そーうちょーっ!!」

「れーんさーん!!」

　あれ？

　蓮さんの知り合いかな？

　総長って……。

「……暴走族の人？」

　蓮さん、たしか暴走族の総長だって言ってたよね……。

　──ガチャン……キィー。

　意を決してドアを開ける。

　すると、金、銀、緑、赤……色とりどりの髪をした人が

4人いる。

　わぁ……ある意味、絶景？

　きっと、蓮さんの知り合い……だよね。

「あ、あのっ……蓮さんの仲間さん……ですか？」

　そう聞くと、バッと視線があたしに集まった。

「……えっ……君、誰……？」

　金髪の男の人が目を見開いたまま、あたしに話しかけて

きた。

「えっ、あ……杉沢夢……」

「……そういう意味じゃないだろ」

　聞き覚えのある声が、あたしの自己紹介を遮った。

　──ポンッ。

「れ、蓮さんっ……」

　蓮さんに頭を軽くたたかれる。

　自己紹介しろって意味じゃなかったのかな？

「夢月、ちゃんと誰かたしかめてから開けたのか？」

「うん？　うん、ちゃんとたしかめたよ」

「いや、こんないかにも危なそうなヤツら立ってたら、開けるなよ」

　苦笑いする蓮さんに、あたしは首を傾げる。

　あれ、開けちゃダメな人だった!?

「総長、危なそうとか、ひでーっすよ!!」

　先ほどの金髪の人とは別の人が茶々を入れた。

「そ、総長っ!!　聞いてないっすよ、彼女がいたなんて!!」

「…………」

　今度は赤髪の人が蓮さんに声をかけた。

　みんな蓮さんと話したいのか、次々と話に入ってくる。

　でも、なんか仲よさそうだし。

　知り合いだよね？

「総長〜!　流さないでくださいよ!!」

「お前に話す必要あるのか」

　シレッと答える蓮さん。

　蓮さん、あたしが蓮さんの彼女だってこと否定しなかっ

たけど、いいのかな……。

「ありますよ!!　俺は蓮さんの右腕っすよ?　蓮さんのことは知りつくす義務がありますから!!」

「……気色悪ぃな」

　な、なんか、蓮さんにじゃれる子犬みたい。

　それに、蓮さんも困り顔だけど、なんだか楽しそう。

　そんな会話にプッて噴きだしてしまう。

　すると、また視線があたしに集まった。

「わっ……ご、ごめんなさいっ……なんだかおもしろくてっ!」

　いつもの無表情を崩して困った顔をしてる蓮さんって、あんまり見られないから。

「可愛いな……」

「えっ……」

　金髪の人がズイッと顔を近づけてきた。

　わわっ、ななな、なにっ!?

「……近いだろ。離れろ」

　蓮さんがあたしの肩をうしろに引く。

「わっ、蓮さん」

「腹が空いた……」

　振り向くと、眠そうな蓮さんがあたしを見おろしていた。

「あ、うん。もうできてるよ?」

「……ということだ」

　蓮さんはそのままドアノブに手をかけて閉めようとする。

Chapter 2 >> 89

「って……いやいやいやいや!!」

　すかさず金髪の人が扉に足を挟み、それを阻止した。

「……なんだ?」

　心底めんどくさそうに、蓮さんは金髪の人を見る。

「なんだ、じゃないっすよ!!　蓮さんが倉庫に全然来ない
からさびしかったんすよ!!」

　え、倉庫?

「たまり場だ、狼牙の」

　首を傾げていたあたしに、蓮さんが説明してくれる。

　そっか、蓮さんはそこに顔を出してたんだ。

　でも、最近行ってないって……。

　たしかに最近は、仕事以外は家にいたような……。

「……悪い。しばらく様子を見てから行く」

　様子……?

　なんの様子だろう……。

「様子?　まさかっ……総長、体調が悪いんですか!?」

「……良好だ」

「じゃ、じゃあなんで……」

　あれ……もしかして……。

　あたしの体調を心配してるのかな?

　ここ最近、あたしにずっと付きっきりで数分単位で体調
確認されてたし……。

「蓮さん。もしかして、あたしの体調を気にしてる?」

　案の定、あたしの言葉に驚いた顔をする蓮さん。

「やっぱり……。ごめんなさい。蓮さんが倉庫に行けなかっ

たのは、あたしのせいなんです」

　深々と頭をさげた。

　蓮さんは優しい。

　優しいけど、あたしなんかのために無理はしないでほしい。

　家の仕事と総長としての仕事もあるのに……。

「……謝るな。お前のせいじゃない、俺の都合だ」

　蓮さんはそう言ってるけど、仲間のみんなが温かい眼差しであたしたちを見つめている。

　蓮さんがあたしのために行けなかったってことを、わかってくれているように思えた。

　みんなは笑顔で蓮さんを見ている。

　それがなによりの証拠だった。

「……ふふっ、ありがとう。蓮さん」

「はぁ……」

　蓮さんはため息をつくと、黙りこんでしまった。

「総長……そうだったならそうと、言ってくださいよっ！俺ら、いつまでも待ってますから！　えーと……」

　そう言って金髪の人があたしを見る。

　あ、そっか……。

　さっき自己紹介できなかったんだ。

「杉沢夢月です」

「あ、俺は佐竹斎っす。みんなからはタケって呼ばれてるんで、そう呼んでもらってかまわないっす」

　タケさんはニッと子供のように笑った。

明るい人なんだなぁ。
「そんじゃあ俺らは失礼するっす、総長！」
「……あぁ」
　そう言って帰ろうとするタケさんたちに、あたしはあわてて声をかけた。
「あ、あの‼」
　あたしの声に、みんなが振り返る。
　あたしのために時間をさいてくれる蓮さんに、あたしもできる限りのことをしたかった。
「昼ご飯、すき焼きなんです！　みなさん、一緒に食べていきませんか？」
「え……」
　あたしの言葉に、みんなが固まる。
　あれ？
　我ながらいい案だと思ったのに、もしかして迷惑だったのかな？
「やった──‼」
　すると、タケさんがバンザイしながら跳びはねた。
「うぉ──‼」
　それに合わせてみんなも喜びはじめる。
「夢月……」
　恨めしそうにあたしを見る蓮さんに、あたしは笑いかける。
「みんなと話したら、蓮さん、笑顔になったから」
　会社に行くたびに、辛そうにしているのを知ってた。

帰ってくると疲れた顔をしているのを毎日見てる。

　そんな蓮さんに、少しでも楽しい気持になってもらいたかったんだ。

「お前……ったく、夢月のくせに、いっちょまえなこと言いやがって」

　そう言いながら困ったように笑う蓮さんに、あたしも笑いかけた。

「総長！　ずりいっすよ！　こんな可愛い彼女ー!!」

　タケさんが蓮さんにヤジを飛ばす。

「あっ、いえ、彼女ってわけじゃ……」

　あたしは弁解してから、ふと考える。

　そう、あたしは蓮さんの彼女じゃない。

　ない……けど……。

　それが、なんだかさびしい。

　あたしは蓮さんにとって、どんな存在なんだろう。

「え！　彼女じゃないんすか!?」

「ほんとに居候なのか!?」

　いろんな人が話しかけてくる。

　いつの間にか、狼牙のみんなに囲まれていた。

　わぁ、すごい威圧感!!

　た、食べられる!!

「な、なら!!　俺たちにもチャンスが……」

「ねぇよ」

　グイッ!!

「ふぇっ」

急に抱きあげられ、視界が高くなる。
「夢月にその気がなくても、俺はどうかわかんねぇぞ」
　ドキッ。
　少し低い声で、蓮さんはみんなをにらみつける。
　すると、その場にいた人みんなが言葉を失った。
「夢月、ご飯」
「へ？　あ、はい！」
　でも、おろしてくれないんだけど……なぜ？
　あたしを抱えたまま、蓮さんはキッチンへと向かう。

「うーんと、蓮さん」
　あたしはご飯をよそいながら、蓮さんに声をかける。
「なんだ」
　なんだ、じゃない。
　蓮さんは今、うしろからあたしに抱きついて離れないの
だ。
　さすがに、おろしてはくれたけど。
　今までからはありえない蓮さんの行動に、困惑する。
　ど、どうしちゃったの!?　蓮さん!!
　みんないるのに！
「ご飯、よそいづらい……かな」
「そうか」
　そうか、じゃない!!
　心臓もたないから、離してください〜っ!!
　胸がドキドキする。

蓮さんといつの間にか同じベッドで寝るようになってた
から、近いのは慣れてきたはずだった。

　でも、寝るとき以外でこんなに近づくことなんてない。

　だから、余計にドキドキする。

「……お前が悪い」

「あっ、えっ？」

　耳もとでつぶやく蓮さんにドキドキしながら、あたしは
必死に言葉を返す。

　え、どういう意味？

「夢月は、もう俺のモンだろ……」

「えっ、それって……」

　蓮さんは、切なげにあたしを見つめる。

　蓮さん、それって……どういう意味？

「アイツら、飢えすぎだろ……」

　まるで、独り言のようにつぶやく蓮さんに、あたしはあ
わてる。

「れれれ、蓮さんっ!!」

「無防備もほどほどにしとけ」

　それだけ言って、あたしから離れる蓮さん。

「総長ー!!　早く戻ってきてくださいよ!!」

「よっしゃー!!　大富豪やるぞ!!」

　ワイワイと騒ぐみんなに、あたしたちは顔を見合わせた。

「……楽しい仲間さんたちだね」

「……うるさいだけだ」

　本当はうれしいくせに、そう言う蓮さん。

絶対照れてる。

　なんか可愛いなぁ……。

「ふふっ」

「笑うな」

　さっさとリビングに行ってしまう蓮さんの背中を見つめる。

　その背中はなんだかうれしそうだった。

　蓮さんがうれしそうにしていると、あたしまでうれしい。

「……夢月、腹が減った……」

「すぐにとりかかります！」

　そう返事をして、食材を入れた鍋に火をつけて、みんなでつつきながら食べてもらった。

　大げさなくらい「おいしい」って喜んでくれて、あたしも作りがいがあったな。

「そんじゃあ俺らは失礼するっす、総長！」

「……あぁ」

　それから、夕方までどんちゃん騒ぎして、みんなが帰る時間になった。

　なんだか、さびしいな……。

　みんな、本当にいい人たちばっかりだった。

　あたしの料理をおいしいって言ってくれたし、仲間に入れてくれて、気さくに話してくれた。

「夢月さんも、また会いにくるっす！」

「また、手料理食いてぇ！」

「今度は、ババ抜きしよーぜー！」

　みんながいっせいに話しかけてくる。

　仲間の一員になれたみたいで、うれしかった。

「ふふっ、はい！！」

　あたしが笑うと、みんなが一瞬、固まる。

　……え？

　異様な空気に、蓮さんを見あげると……。

「ヘンな目で夢月を見るんじゃねぇ」

　ドスの効いた声で一喝した。

「こ、こえぇ……っ」

「おっかねぇ……」

　その場にいた全員が凍りつく。

　まるでブリザード光線のようで、私まで凍りついた。

「えーと……みなさんの家はここから近いんですか？」

　この場をなんとかしなければ、というヘンな使命感が湧いてきて、声をあげる。

「家っつーか、これから俺らのたまり場まで走るんすよ！！」

「へぇ……」

　親切にタケさんが教えてくれた。

　走るなんて、なんて健康志向。

　えらいなぁ……。

「夢月、お前の考えてる"走る"とはちがうぞ」

「へ？」

　感動していると、蓮さんにあきれたように言われた。

「走るのは、バイクだ」

「あ……バイク……」

　そうだ、この人たち暴走族だった。

　あまりにも気さくすぎて、忘れてた。

「なんだったら、夢月さんも遊びにきてくださいよ!!」

「え！　いいんですか!?」

　狼牙の仲間の人の誘いに心が躍った。

　やった！

　これは、蓮さんのことを知るチャンスなんじゃ!?

「ダメだ」

　ウキウキしていると、蓮さんに即答で却下された。

「うぅ、蓮さん……」

　行きたい、行きたいなぁ。

　そんな気持ちをこめて蓮さんを見つめると、困惑したように視線をさまよわせている。

「……体調が悪くなったら、すぐ報告しろ。それが条件だ」

「ありがとう、蓮さん!!」

　うれしくて蓮さんの腕に抱きつくと、ことの成りゆきを見守っていた狼牙のみんなが、「おぉ～」と声をあげた。

「まさか、あの、視線で人を殺せる総長が……」

「夢月さん、さすがっすねー!!」

「総長でも、女ができれば、男はみんな尻に敷かれるんだな!!」

　好き放題言うみんなに、ピキッと蓮さんの額に青筋が浮かんだ気がした。

　心なしか、こめかみにも深いくぼみが見える。

あれ、これはまずい気が……。

「あー、ゴホンッ、じゃ、じゃー、俺ら、先に外で待って
るっす」

　タケさんもそれに気づいたのか、わざとらしく咳をして、
そそくさとみんなを連れて出ていった。

「夢月、ちゃんと着こめ」

　蓮さんはそう言って、コートを私にポイッと投げた。

　よかった、蓮さんの怒りが爆発しなくて。

「あの、こんなに着こまないとダメ？」

　蓮さんに渡された冬物のコートを見つめる。

　まだ10月だし、ここまで着こむほどの寒さじゃない。

　まぁ、もう日も沈んだから、寒いかもしれないけど。

「バイクに乗ってると、風が冷たい。風邪でも引いたら困
る」

　そう言って、蓮さんは自分の準備なんてそっちのけで、
あたしの手に手袋をつけていく。

　蓮さん、こんな無表情だけど、世話好きだよね。

　心配性だし、すごく……。

　あの日、広い世界の中、当てもなくさまよっていたあた
しのことを見つけてくれた。

　蓮さんが見つけてくれなかったら、今頃どうなってるん
だろう……。

　ひとり、不安に震えていたかもしれない。

「……優しいよね、蓮さんは」

　手袋まで甲斐甲斐しくつけてくれる蓮さんに、あたしは

小さく笑う。

　すると、蓮さんは困ったように笑った。

「お前くらいだ、この俺にそんなこと言うのは」

「そうなの？」

「あぁ」

　そう言って、蓮さんは黒い革のジャケットを羽織る。

　それは、蓮さんが暴走族の総長だから？

　最初は、無表情だし、言葉数も多い方じゃないし、あげく暴走族の総長ってだけで怖かったけど……。

　あたしはすぐに、蓮さんが優しい人だってわかったよ。

　だって、蓮さんは言葉で語らない分、心配そうな目をしたり、さりげなく頭をなでてくれたり、涙を拭ってくれたり……行動に示してくれるから。

「夢月、ボーッとするな」

　先に靴を履いて玄関で待っている蓮さんに、あわてて駆けよる。

　蓮さんの優しいところは、あたしが知ってるからね。

　いつか教えてあげよう。

　蓮さんが、どれだけあたしの心を救ってくれたか。

「おまたせ！」

「行くぞ」

　そう言って歩きだす蓮さんにくっついて、家を出る。

　──ブロロロロッ!!

　マンションの前には、さっき家に来た４人も含め、ざっと15人ほどのバイク集団が集まっていた。

なんというか、すごい光景だった。

圧倒されていると、カポッと頭からヘルメットを被せられた。

「乗れ」

そう言って、先にバイクにまたがる蓮さん。

あたしもそのうしろにまたがって、前に乗ったときみたいに、蓮さんの腰に手を回した。

——ブロロロロッ、ブンブンブーンッ！！

けたたましいエンジン音とともに、バイクがゾロゾロと走りだす。

顔をあげれば、茜空の向こうに、うっすらと星が顔を出している。

そして、また見つけられた一番星にうれしくなって、蓮さんの背中に頬を寄せた。

ブオォォォッと、風が私たちの服をバタバタと揺らす。

並列して走るなんて、ダメなことだと思うのに、今はそれすらどうでもよく思えるくらいの解放感に包まれていた。

まるで、自分が風になったみたいで、嫌なことも全部忘れられる気がした。

「潮の匂いだ……」

しばらく走ると、蓮さんは速度を落とした。

風の音が小さくなったのを見計らって、あたしは「蓮さんっ！！」と声をかけた。

「体は大丈夫か」

「うんっ、むしろ元気になったみたい！」

　こんな風に、どこか知らない場所に来られたことが、あの息苦しい世界から抜けだせたみたいで……。

　はじめて息をしてる、生きてると思えた。

「はしゃぐな……落ちるぞ」

「はぁーい」

　蓮さんの背中にギュッとしがみつけば、蓮さんの匂いがする。

　あぁ、なんでこの人のそばは、こんなにも落ちつくんだろう。

　守られてるって、感じるんだ。

　しばらくして港に着くと、私たちはバイクをおりて、目の前の倉庫のような場所へと向かう。

　中に入れば、どうしてこんなところに？と、目を疑いたくなるような光景が広がっていた。

　ソファやテーブル、テレビまで揃っている。

　綺麗な部屋……とまでは言えないけど、かなり広いリビングみたい。

「夢月、ここに来い」

　そう言って、蓮さんはソファにドカッと座ると、隣をポンポンッとたたいた。

「うん」

　蓮さんの隣にちょこんと腰かけると、蓮さんは足を組んで、パンッと両手をたたいた。

その瞬間、みんなが蓮さんの座るソファを囲んでバッと深々と頭をさげる。

「わぁ！」

　その勢いにあたしはつい、驚きの声をあげてしまった。

　あ、知らない人たちもいる。

　さっき一緒に来た人たちとはちがうメンバーだ。

　蓮さんはそんなあたしの声を気にする様子もなく、ゆっくりと口を開く。

「……狼牙の総長、秋武蓮の大事な女だ。俺同様に扱え。絶対に傷つくことがねぇように、守るべき存在だと心に刻め、いいな？」

「「「うっす！！」」」

　こんな風に蓮さんに紹介してもらえるなんて、思ってもみなかった。

　なんか、認められたみたいで、うれしい……。

「あらためて、どうぞよろしくお願いします」

　あたしは立ちあがって、ペコリと頭をさげる。

　すると、みんなが温かい目であたしを見つめていることに気づいて、なんだか照れくさくなった。

　困って蓮さんを見ると、蓮さんまで同じような目で見てくるから、あたしは両手で顔を覆うしかなくなった。

「総長、総長の女だとわかったら、紅嵐が黙ってないんじゃないっすか？」

「そうだな……俺らがここら辺を制圧してからは、だいぶおとなしくなったが……」

……紅嵐？

聞きなれない言葉に、あたしは首を傾げる。

「紅嵐のヤツらは、俺らがここを縄張りにする前にのさばってた族のことっす」

そんなあたしに気づいてか、タケさんがコソッと教えてくれた。

族って、たくさんいるんだ……。

「総長がここら辺一帯を治めるようになってから、だいぶ治安がよくなったんすよ」

「へぇ……」

他の仲間の人がそう教えてくれる。

「俺たちは、昔の、ただ人様に迷惑かけるような族じゃないっす」

「ここら辺が他の族に荒らされないように守ってるんだぜ」

「そんな総長を俺らは尊敬してるし、どこまでもついて行くって決めてるっす」

狼牙のみんなから聞く蓮さんの話に、あたしまで鼻が高くなる思いだった。

蓮さんが、どれだけみんなに慕われてるのかがわかる。

やっぱり蓮さんは、すごい。

「夢月、お前はあんまり俺から離れるな。そばにいれば、安全だ」

「うん……」

"俺から離れるな"

その言葉に胸がときめいた。

「総長の隣ほど安全なところはねぇからな！」

「たしかに！！」

　そう言って、みんなが笑った。

「俺からは以上だ、好きに過ごせ」

　蓮さんのその一言で、バッとみんなが散る。

　お菓子を出したり、トランプを手に個々で好きなことを始めた。

「夢月さん、トランプやりましょーよ！」

「えっ」

　すると、トランプを手にソファの周りにわらわらとみんなが集まってくる。

　あっという間に、あたしと蓮さんは囲まれてしまった。

　またトランプ……。

　暴走族って怖いイメージしかなかったけど、トランプとかやるんだ。

　ちょっと意外……。

　みんなノリノリだし、トランプ好きなのかな？

「総長は強制参加っすよ」

「おい……」

　タケさんから、強制参加通告を受ける蓮さん。

　げんなりした顔をしているのに、毎度のことなのか、あきらめた様子でトランプを受け取っている。

　なんとなく、人の多い場所が苦手そうな蓮さんが、みんなのそばにいる理由がわかる気がした。

Chapter 2 ≫ 105

　ここのみんなは、蓮さんを怖がらないし、裏がない。
　素直で、まっすぐなんだ……。
「じゃあ、ババ抜き始めっぞ！」
「「「オーッ！！」」」
　ただのババ抜きなのに、声を揃えて叫ぶみんなに、なん
だかおかしくなってしまった。

　それから終始笑いながら、ババ抜きをしていると、あっ
という間に時間は過ぎ、時計の針は8時を指している。
「夢月、そろろ帰るぞ」
「え？」
　ババ抜き大会3戦目に参加していたあたしは、タケさん
からカードを引いたところで蓮さんに声をかけられた。
「帰って、飯食って寝る時間だ」
「はぁい」
　まるでお母さんみたいな物言いに、あたしは小さく笑っ
てうなずく。
「来い、夢月」
　立ちあがると、蓮さんはあたしの手にまた手袋をつけて
くれた。
「ありがとう、蓮さん」
「体は平気か？」
「うん、大丈夫だよ」
「そうか……」
　言葉は少ないけれど、蓮さんがホッした顔をしたのがわ

かった。

　蓮さん、心配性だなぁ。

　そして、あたしたちは狼牙のみんなを振り返る。

「タケ、見回りの強化しとけ」

「うっす！」

　蓮さんはタケさんにそう指示を出して、肩をポンッとたたく。

　それだけで、蓮さんがタケさんを一番頼りにしているのがわかった。

「また遊びにきてくださいっす、夢月さん！！」

「今度は夜通しババ抜きやろーぜ！！」

「もうババ抜きはいいだろ！　でも、夢月さんは大歓迎！！」

「夢月さん、手料理また食べたいっす！！」

　みんながあたしたちに手を振りながら見送ってくれる。

「はい！！」

　ここに、あたしの居場所を見つけた気がした。

　またここへ来てって、あたしを待ってくれている人たちがいる。

　あたしの病気のことを知らないからこそ、自然に接してくれる。

　それが、あたしの気持ちを軽くしてくれた。

　──ガチャン。

「ただいまー」

　家に帰ってくると、あたしは誰もいない部屋に向かって

そう声をかけた。

「誰もいないのにか?」

　不思議そうな顔で、蓮さんがあたしを見つめてくる。

「今はあたしがいるから、ちゃんと言いたかったの。お帰りなさい、蓮さん」

「……ただいま。夢月、おかえり」

　すると、噛みしめるように蓮さんは言った。

「ねぇ蓮さん、今日はすごく楽しかった。連れてってくれて、ありがとう」

　最初はあたしを連れていくの反対してたのに、あたしのお願いを叶えてくれた。

「……なら、よかった。アイツらを怖がらないでくれて、ありがとな」

「え……?」

「あんなナリだろ?　怖がられたり、覚えのないイチャモンつけられたりすんだ……」

　そうだったんだ……。

　あたしも最初は、やっぱり偏見の目で見る他の人たちと同じだった。

　でも……。

「言葉を交わして、目を合わせてみてはじめて、その人のことがわかるんだよね」

「実際に会ってみてってことか?」

「うん。だから、もっとみんなにも知ってほしいな。狼牙の人たちが、どれだけ優しくて、気さくな人たちかってこ

と」
　そう言って笑うと、蓮さんはうれしそうに笑みを浮かべ
た。
「……俺は、少し心配だったぞ」
「心配？」
「アイツら、鼻の下伸ばして夢月を見てやがったからな」
「それは、蓮さんの気のせいだよ！」
　まさか、鼻の下伸ばすほど、あたしに魅力があるとは思
えないもん。
「無防備」
「え？」
「あんま、心配かけるな」
　ポンッとあたしの頭をなで、蓮さんは先に部屋の中に入
る。
　今日は蓮さん、楽しそうだった。
　それに、あたしも……。
　あんなに笑ったのは久しぶりだった。
　また、自然と笑顔になる。
「待って！　蓮さーん！」
　蓮さんを追いかけて、その背中にギュッと抱きついた。
「おい」
「ふふっ、蓮さん、夜はなにが食べたい！？」
「……カレー」
「了解しました！」
　そう言ってふたりで笑い合う。

蓮さんの笑顔に、あたしまで笑顔になった。

こんな風に、ずっと幸せな気持ちでいられますように。

……心の中で、そっと願った。

約束のカレーを作って食べ、お風呂も済ませたあたしと蓮さんは、同じベッドに横になる。

いつものように、蓮さんはあたしを抱きしめたまま目をつぶった。

「ねぇ、蓮さん」

「なんだ、寝られねぇのか」

蓮さんはあたしを見つめて、優しく背中をさすってくれる。

あたしは、ずっと不思議だったことを口にしてみた。

「どうして、あたしを拾ってくれたの？」

どこの誰かもわからない、面倒事でしかないあたしを、どうして拾ってくれたのか、ずっとわからなかった。

「……そんなに知りたいのか？」

蓮さんはあたしを見つめて、困ったように頭をガシガシとかいた。

「うん、知りたい」

ここで聞かなければ、蓮さんはずっと教えてくれない気がしたから、あたしも蓮さんをじっと見つめ返し、はっきりとそう答えた。

「はぁ……」

蓮さんは観念したように、ため息をついた。

「……てたからだ……」

「へ……？」

　蓮さんの声が小さすぎて聞こえなかった。

　今、なんて？

「一度で聞き取れ。……俺と似てたからだ」

「え……？」

　蓮さんと……似てた……？

「なにが似てたの？」

　もちろん、顔とか容姿のことじゃないのは明白だ。

　だったら、なにが……？

「お前の目が、昔の俺……いや、今もそうか。目が似てたからだ」

「目……？」

　いまいちピンとこない。

　私と蓮さんの目、そんな似てるかな？

「似てるかな？」

「……目って、パーツの話じゃないぞ。まぁ、まだ……な」

　それっきり蓮さんは口を閉ざしてしまった。

　蓮さん……。

　あたしは生きることをあきらめてしまった。

　もしかしたら、そんな目をしているのかもしれない。

　もしかして、蓮さんもそう思ってるの……？

　蓮さんは、なにをあきらめてしまったの？

　蓮さん、あたしは蓮さんのために、なにができる？

　あたしが存在していられる時間は短い。

Chapter 2 >> 111

　それでも……。

　ずっと一緒にはいられないけど……。

　蓮さんのために、なにかしたい。

　あたしは、なにをすればいい？

　それっきり瞳を閉じてしまう蓮さんを見つめながら、心
の中で問いかける。

　この人のために、なにかできることを……。

　それがあたしの、今生きる理由なのかもしれない。

　蓮さん……。

　あたしはあなたに、なにを残せますか……？

コスモスと涙

【夢月side】

11月の肌寒い朝。

あたしは蓮さんを起こさないように静かにベッドを出ると、窓を開けた。

——ガラガラガラ。

「少し……寒くなってきたみたい……」

リビングの窓を開けて空を見あげてみる。

雲ひとつない快晴。

「……ママ……パパ……」

今日は11月1日、ふたりの命日だ。

この日が近づくたび、夢を見て、眠れなかった。

いつだって、この日を忘れることはなかった……。

あの日、事故があった日のことを思い出す。

それは、楽しみにしていた遊園地へ行く日のこと。

あたしは小学5年生で、大好きなママとパパとのお出かけがうれしくて、はしゃいでいた。

『ママー!!　パパー!!　はーやーくー!!』

あたしはぴょんぴょんと跳びはねる。

昨日、ティッシュで作ったてるてる坊主が効いたのかもしれない、そう思って、てるてる坊主に『ありがとう』とお礼を言った。

『待たせてごめんな、夢月』

『ほら、夢月、うしろに乗って？』

　パパが運転席に座って、ママがあたしを後部座席に座らせた。

　そして、ママは助手席に座る。

『しゅっぱーつ!!』

　はしゃぐあたしに、ママとパパは笑顔を向けてくれたのを今でも覚えてる。

　そう、この日は、あたしにとって幸せで溢れた一日になるはずだった。

　──キキィーッ!!

　ものすごい揺れ、大きなスリップ音。

『キャアアアア!!』

『うああああっ!!』

　ママとパパの悲鳴。

　あたしは、ギュッとママの座る座席にしがみついた。

　まぶしいライトがあたしたちを照らす。

　──バンッ!!

　そして、強い衝撃とともに、あたしは意識を手放した。

『かわいそうにね、夢月ちゃん』

『でも、うちにはもう3人も子供がいるし……』

　次に目が覚めたとき、あたしは、この世で一番大切な人たちを失っていた。

今日は四十九日で、親戚が集まっていた。

　お葬式を終えても、その実感もないまま、あたしはここまで来てしまったんだ。

　だって、誰が信じられるっていうんだろう。

　あの日、ママとパパはあたしに笑いかけてくれたんだ。

　そんな、大好きな人たちが、もうこの世にいないだなんて……。

　そんなの信じられない……かわいそうって、なにが？

　どうしてみんな泣いてるの？

　嫌な夢を見ているような感覚……。

　現実が受け入れられなくて、涙も出なかった。

『誰が引き取るのかしら』

『え、うちも無理だぞ？　子供なんて面倒だろ』

　嫌だ……。

　あたしは、ママとパパの子供だよ。

　他の誰の子にもならない。

　ママは5人きょうだいの2番目で、どの家にも子供がいた。

　どこに行っても、あたしは邪魔でしかなかったのだと思う。

　そこに、豊さんが現れた。

『遅くなってしまってすまない』

　海外出張が多かった豊さんは、お葬式には間に合わなかったけれど、ママが死んだと聞いて仕事先から飛んできたのだ。

『姉さん……本当に……』

　あとから聞いた話、末っ子の豊さんは、ママにすごく可愛がられていて、一番仲がよかったらしい。

『宮島夢月ちゃん、大きくなったね。夢月ちゃんが小さいときに会ったことがあるんだけど、覚えてないかな？』

　豊さんはあたしの前にしゃがみこみ、目線を合わせてくる。

　宮島……。

　あたしのもともとの名字だ。

　あたしが、パパ宮島正典と、ママ宮島智子の子供である証。

　覚えてないけど、小さいときに会ってたんだ……。

『お父さん』

　そのとき、あたしと同い年くらいの男の子が、豊さんのうしろからひょいっと出てきた。

『喜一、この子は夢月ちゃん』

『夢月？』

　名前を呼ばれ、あたしは顔をあげる。

『悲しい、のか？』

　喜一お兄ちゃんは、あたしに手を伸ばし、そっと頭をなでた。

『……っ！！』

　その手が温かったからか、あたしはそこではじめて泣くことができた。

　ハラハラと頬を伝っては落ちる涙を、あたしはどうすれ

ばいいのか、わからなかった。

『夢月ちゃんのママ、俺の姉さんは、本当に優しい人でね、俺は本当に大好きだったんだ』

豊さんは、あたしに手を差し出す。

『大好きな姉さんの宝である夢月ちゃんのことも、俺は大好きだよ。夢月ちゃんは、もう俺たちの家族だ』

笑いかけてくれる豊さんは、嘘をついているようには見えなかった。

誰もがあたしを面倒な置きみやげと思っていた中、杉沢家だけはちがった。

親戚の家を何件も回って、どこでもうっとうしがられたあたしを、こころよく引きとってくれた。

本当にあたしと向き合ってくれた人だったから……。

だから、あたしはこの人たちと一緒にいることを選んだ。

＊　＊　＊

「不思議……蓮さんと一緒にいたからかな？　この日が近くなっても、寝られなくなったりはしなかったな」

あたしは小さく笑う。

毎年、この日が近づくたびに、あの事故の日を繰り返すかのように夢に見ていたのだ。

それが、蓮さんと出会った今年は見なくなった。

きっと、あの日の辛い気持ち、記憶を思い出すより、蓮さんと過ごす楽しい毎日が、ひとつひとつ増える幸せな記

憶が、心を温めてくれるから。

　あたしが心から笑えるのも、蓮さんのおかげだよ。

　眠る蓮さんへと視線を向ける。

「……ん……」

　窓から差しこむ太陽の光がまぶしいのか、蓮さんが寝返りを打つ。

　蓮さん、もう8時過ぎてるのにまだ起きないや。

「……蓮さん……ありがとう」

　眠っている蓮さんに、あたしは笑顔を向ける。

　あたしがこの日を前より辛くないと感じられるのは、蓮さんがいるからだよ。

　蓮さんがあたしのさびしさも辛さも、全部埋めてくれてるから……。

「ありがとう……」

　あたしも……蓮さんが辛いとき、悲しいときはそばにいるからね。

　あたしの命が終わるそのときまで……ずっと……。

「さて、と……」

　あたしは朝食の準備に取りかかった。

　朝食を作りおえ、テーブルに置くと、ラップをかけた。

「あとは……」

　紙とペンを持って、蓮さんに手紙を書く。

「これで、よし！」

　テーブルに手紙を置いて、あたしは立ちあがる。

お墓参りは、毎年ひとりで行っていた。

　豊さんと喜一お兄ちゃんも、それに対してはなにも言わなかった。

　あたしがひとりで行かせて、とお願いしたからだ。

　誰かがそばにいたら、あたしはきっと素直に泣いたり、気持ちを伝えたり、弱音を吐いたりできなくなる。

　この日は、あたしが唯一パパとママのために泣ける、大切な日だから。

　ママとパパに会いにいくときは、あたしは弱くなる。

　泣いて泣いて、「会いたい」なんて、叶わない願いを口にする。

　唯一、そこでだけ、あたしは弱音を吐けた。

「そろそろ行こう」

　コートを羽織り、蓮さんを起こさないように静かに扉を開け、あたしは外へと出た。

【蓮side】

「……夢月……？」

　いつもなら目を覚ましてすぐにアイツの顔が目の前にあるのに……気配すらない。

「夢月!?」

　不安になってアイツの姿を探す。

　部屋中どこを探しても姿はなかった。

「夢月……どこに……」

ただでさえ最近、体調が悪そうだったってのに……。

ひとりでふらふらしやがって。

イライラしながら、片手で前髪をかきあげる。

そのとき、テーブルに置かれていた紙が目に入った。

……紙……?

その紙を手に取る。

「……蓮さんへ」

どうやら、夢月の書き置きらしい。

蓮さんへ

おはよう！

今日は少し出かけてきます。

たぶん、日が暮れる前には帰ってこられると思うから、心配しないでね。

夢月より

「なにが心配するな、だ！！」

自分の体調のこと、ちゃんとわかってんのか……！？

ガサゴソとポッケをあさり、スマホを取り出す。

——ピッ、プルルルル……。

『あ！ 総長！ いったいどうし……』

「遅ぇぞ！！ 早く出やがれ、クズ！」

『ひぃ〜っ！？ そ、総長が荒れてるっ！！』

電話の向こうでタケの悲鳴と、騒ぎ声が聞こえる。

「タケ、狼牙総出で夢月を捜せ」

『夢月……さんっすか？　なにかあったんすね……』

　タケの声も真剣みを帯びた。

「アイツは体が悪い。なのに、ひとりで勝手に出ていきやがった」

　どこかで倒れたらどうするつもりだ……。

　その場に誰もいなかったら？

　風呂場でアイツが倒れてたとき、アイツをひとりにしたことを死ぬほど後悔した。

　それからアイツをひとりにしないと誓ったのに……。

『了解っす!!　お前ら、総長の命令だ!!　今すぐ夢月さんを捜せ!!』

『オオーーッ!!』

　電話ごしにアイツらの叫び声が聞こえる。

　さすがタケ……だな。

『総長、見つけたら連絡しますから、安心してくださいっす!!』

「……あぁ、悪い」

『総長、らしくないっすよ！』

　らしくない……か。

　そうだ、夢月のこととなると、こんなにも心が乱れる。

　どうして、こんな気持ちになる？

　なぜだかわからないことにイライラした。

『俺らにとって、夢月さんは仲間っす。仲間を助けるのは、当たり前っすよ！』

「タケ……。そうか、ありがとな」

『はい!! 待っててください!!』

　——ピッ。

「夢月っ……」

　不安で泣いてるんじゃないか……?

　あの日、夢月と出会った日の、すがるような、泣きそうな、孤独を宿した瞳を思い出す。

　早く見つけてやりたい……。

　頼むから無事でいてくれ!!

　電話を切ってバイクのカギを手に取る。

　上着を羽織り、そのまま家を飛びだした。

【夢月side】

　蓮さんの家から1時間、電車で行ける距離にふたりのお墓はある。

　今年はどんな話をしよう、そう考えていると、毎年あっという間に着いた。

　——チャポン。

　手桶に水をくんで、お墓まで向かう。

「……ママ、パパ」

　あたしは、目の前にある墓石にコスモスの花を供えながら、声をかけた。

　前にここに来たのは、ちょうど1年前。

「あれから、もう1年だね。そして、あたしが……病気になって……1ヶ月がたった……」

声が震える。

「今日はね、報告があるの……」

　言葉にするのが、こんなに怖いなんて……。

　今までなら平気だったのに、それを怖いと思うのは、あたし、もしかして死にたくないって思いはじめてる？

　ううん、あたしはママとパパのところへ行くんだ。

　そうでしょう？

　自分を納得させるように言い聞かせた。

　自分だけ生き残って、杉沢家のみんなに迷惑をかけてまで生きたいなんて……そんなの、ただのわがままだ。

「あたしね……白血病になったよ」

　風がやんだみたいに、あたしの声が大きく聞こえた。

「治療しなかったら……３ヶ月で死んじゃうんだって」

　あたしに残された時間は少ない。

　蓮さんといられる時間も……。

　ズキン。

「あれ……？　なんでだろう……いつ死んでもいいって思ってたのに……」

　蓮さんともっと一緒にいたい……。

　まだ離れたくない、そう思っているあたしがいる。

「……自分だけ助かっといて……生きたいだなんて……」

　ふたりは死にたくなかったのに死んじゃって。

　あたしは生き残って……。

「ごめんね……ふたりとも……」

　蓮さんといた時間があまりにも楽しくて……。

充実してたせいかな……浮かれてた。

　墓石に優しく触れて、額をくっつける。

　こうすれば、ふたりに近づける気がしたから……。

「ふたりとも……大好き……」

　あたしももうすぐ、そっちに行くからね……。

　遅かれ早かれ、これなら約束できる。

　あたしはしばらくそのまま、そっと瞳を閉じていた。

　この日は、この日だけは、あたしがふたりに向き合う日だった。

　普段は、思い出すのも辛くて、目をそらしてきたけど、今日だけは泣いてもいいから……。

　どのくらい、ここにいたんだろう。

　気づけば茜色の光に照らされて、影が伸びていることに気づく。

「……空が赤い」

　ゆっくりと顔をあげると、気づけば夕日が空を染めていた。

　茜色の光があたしを照らす。

　そろそろ帰らないと……。

　蓮さんが心配するもんね。

「あたしね、今とてもお世話になってる人がいるの」

　風に揺れるコスモスを見つめながら、蓮さんのことを報告する。

　コスモスは、パパが結婚記念日のときにママにプレゼントした思い出の花だった。

「怖い顔してて、朝寝坊するし、寝起きが悪くて、心配性で……」

「ひどい言いようだな……お前」

　ふたりに話しかけていると、うしろからあきれたような声が聞こえた。

「嘘っ……」

　驚いて振り返ると、そこには……。

「蓮さん!!」

　いるはずのない人がいた。

　肩を大きく上下に揺らして息をしている蓮さんが、目の前に立っている。

　なんで、なんでここに？

　蓮さんが知ってるはずないのに、どうして……。

「心配……しただろうが……」

「えっ……？」

　蓮さん、今心配って……。

「体調もよくねぇだろ!!　勝手に俺から離れていくな!!」

　そう怒鳴る蓮さんは、なんだか泣きそうな、不安そうな、そんな複雑な顔をしていた。

　やっぱり……心配性だ。

　怖くて、朝寝坊さんで、心配性で……。

「優しくて、あたしを大切にしてくれて……」

「あ……？」

　驚いたように蓮さんはあたしを見つめる。

　ガバッ!!

Chapter 2 ≫ 125

　そんな蓮さんにあたしは抱きついた。

「夢月!?」

　蓮さんの驚いたような、焦ったような声が聞こえた。

　それがなんだか可愛らしくて、小さく笑ってしまった。

「この世界で……あたしが一番頼りにしてる人……」

　それから……一番大切な人……。

「夢月……お前……」

　抱きつきながら蓮さんの顔を見あげると、片手で顔を覆っていた。

「蓮さん?」

「……優しくなんかねぇよ……。俺は……今さらお前のことを手放せないだけだ……」

　出会った頃の無表情が嘘みたいに、困った顔をする蓮さん。

　心なしか顔が赤い。

　やっぱり可愛い……。

「ふふっ……」

　我慢できずに笑うと、蓮さんがムッとしたようにあたしをにらむ。

「俺はまだ、怒ってる」

　ふてくされる蓮さんに、あたしは笑いかける。

「蓮さん、どうしてあたしがここにいるのか、聞かないんだね」

　そう、いつもの優しさ。

　こうしていつも、あたしのことを待っていてくれる。

「お前が話せるようになってからでいい」

「なら……今聞いてほしい」

　あたしは、蓮さんに抱きついたまま、顔を隠すように胸に押しつける。

「そうか、わかった」

　その言葉を聞いて、あたしは声が震えないように気をつけながら、自分の生い立ちを話した。

　途中、泣きそうになったけど、蓮さんの体温があたしを支えてくれた。

　話しおえた瞬間、こらえきれずに嗚咽を殺しながら泣いた。

　そんなあたしに気づいて、蓮さんはあたしの背中をなでる。

「だからっ……あたし、あの家を出たの」

　病気のことは伏せて、言えるところまでの真実を話した。

「そうか……。話してくれて、ありがとな」

　蓮さんの言葉に、心が温かくなる。

「辛かったろ……」

「っ……!!」

　背中をなでる手が優しすぎて、涙が止まらなかった。

「ありがとうっ……ありがとう、蓮さんっ……」

「そばにいる、枯れてなくなるまで、泣いとけ」

　その言葉に押されるように、あたしは泣いた。

　病気がわかってから、気を張って満足に泣くことさえで

きなかったあたしは、今日やっと、人目も気にせずに泣く
ことができた。

「夢月、落ちついたみたいだな」

　泣きつくして、心が軽くなったあたしは、蓮さんを見あ
げた。

「蓮さん、ありがとう」

　泣きはらした目だけど、ちゃんと向き合ってくれてあり
がとう、と伝えたかった。

「そうやって笑ってろ」

　蓮さんはそう言って、あたしの頭を優しくなでる。

「総長——っ!!」

　すると、霊園には不釣り合いな単語が聞こえてきた。

　声が聞こえた方へと視線を向けると……。

「タ、タケさんたちだ!」

　ゾロゾロと走りよってくる狼牙の人たちを呆然と見つめ
る。

　な、なんで狼牙の人たちがここに!?

「よ、よかったっす!!　夢月さん見つかったんすね、総長!!」

　タケさんはホッとしたように、あたしと蓮さんを交互に
見た。

「総長、夢月さんを心配して俺たちを呼んだんっす。夢月
さんがここにいるってわかったのも、俺たちの情報網の賜
物っすよ!」

　タケさんがあたしの疑問に答えてくれた。

「俺たちも心配だったから……無事で本当によかったです!!」

「夢月さんを心配する総長のあわてようといったら!!」

　狼牙のみんなが、ガヤガヤと騒ぎだす。

　不思議。

　あたしの周りは、いつからこんなに賑やかになったんだろう。

「蓮さん……」

　隣にいる蓮さんを見あげると、蓮さんはシレッとしていた。

「ありがとう……蓮さん。それから、タケさん、狼牙のみなさんも!!」

　パッと頭をさげて、みんなに笑顔を向けた。

　なぜだかみんなの顔が赤くなる。

「総長の彼女じゃなけりゃ～なぁ!!」

「か、可愛いすぎる!!」

「黙っとけ、お前ら!!」

　ザワザワと騒がしくなる場を蓮さんが静めたのは、言うまでもない。

「今日は父と母の命日だったんです。それでお墓参りに来てて……」

　先ほど供えたコスモスが風に吹かれて揺れている。

　それを見つめながら笑みを浮かべた。

「今年はみなさんが来てくれたから……」

　ひとりで来ると決めていた、ふたりのお墓参り。

Chapter 2 ›› 129

　ひとりで泣いて、絶望していたこの日。

　今年は、ちがった。

「ふたりも……こんなにたくさんの人たちが来てくれて、きっとさびしくないね」

　優しくコスモスに触れてみる。

　「ありがとう」、そう言うかのように、ゆらゆらと揺れている。

「夢月さん……」

　タケさんも狼牙のみんなも、心配そうにあたしを見ていた。

　そのとき……。

「……秋武蓮です。これからは、俺がそばで守っていきます。だから安心してください」

　蓮さんが墓石の前で頭をさげた。

「蓮……さ……」

　胸がいっぱいになり、声が震える。

　あぁ……ダメだ。

　本当にうれしくて、泣いてしまいそう。

　もう十分すぎるくらい守られてるし、大切にしてくれてるよ……。

　バッ！！

「俺たちも誓うっす！！」

　狼牙のみんなも墓石に向かって頭をさげた。

　──ポタンッ。

　涙がまた溢れた。

うれしくて、温かい涙もあるんだと、はじめて知った。

「ママ……パパ……」

　今年は本当にたくさんの人が、ふたりの死を弔ってくれたよ。

「……夢月……」

　蓮さんは優しくあたしを抱きしめてくれる。

「ありがとう……ありがとうっ……」

　それから蓮さんの腕の中で、一番星が輝きはじめるまで、泣きつづけた。

かけがえのない大切なモノ

【夢月side】

　ある日の夕方、夕飯を作ろうと冷蔵庫を開けると……。

「…………」

　買い出し、し忘れちゃったなぁ……。

　やけに見通しのいい、空っぽな冷蔵庫。

　これは、買い出しに行かねば今日のご飯が……。

　開けた冷蔵庫を苦笑いで閉めて、昼から眠っていた蓮さんを起こす。

「蓮さん！　買い出しに行ってくるね」

「……俺も行く……。ひとりで行くな」

　蓮さんはまだ寝ぼけているのか、壁にドカドカとぶつかりながら着替えを始めた。

　大丈夫……なのかな、蓮さん。

　あたしも着替えをパッと済ませて、買い出しリストを作る。

「……マヨネーズ……豚肉、卵……」

　必要なものを紙に書き出していると、蓮さんがうしろからあたしの手もとをのぞきこんできた。

　わっ!!

　蓮さん、近いよーっ!!

「……お前……そんな子供みたいな顔して、案外しっかりしてるんだな」

あたしの心の叫びには気づかずに、感心したようにつぶ
やく蓮さんに、あたしは笑顔を向ける。
「豊さんも喜一お兄ちゃんも料理が壊滅的にダメで、必然
的にね。今だって蓮さんの食生活が心配だから、条件反射
で！」
　そう言うと、蓮さんはバツが悪そうな顔をした。
「まぁ、そうなるか」
　どうやら思い当たる節があるらしい。
「蓮さんの健康はあたしが守るからね」
　笑顔で拳を握るあたしを、蓮さんは困ったような笑みで
見つめていた。
「本当……俺のおふくろか」
　困った顔の蓮さんに、あたしは笑顔を向ける。
「そんなようなモノです」
「そこは、もっと他にあるだろ」
　蓮さんはなにか期待するような目であたしを見る。
　他に……他にってまさか!!
「お、およ……お嫁さん、とか……」
　言っててはずかしくなり、蓮さんから目をそらした。
「合格」
　すると、蓮さんはそう言って、あたしの頭をポンポンと
なでた。
　え、ええっ!!
　今のって、どういうこと？
　あたしが……お、お嫁さんになってもいいってこと!?

Chapter 2 ▶▶ 133

　もんもんとしているうちに、蓮さんはさっさと玄関に歩いていってしまう。

　その答えは、聞けなかった。

　それから、蓮さんのバイクのうしろに乗せてもらって近くのスーパーへ向かった。

「蓮さん、蓮さん‼」

　着くと、棒立ちの蓮さんの腕を引いてスーパーを回る。

　あたしには今、ふたつの使命がある。

　無事に今日の買い物リストを買いおえることと、蓮さんを守ることだ。

　本当なら蓮さんを連れてきたくなかったけど……。

　あたしがひとりになるのを、蓮さんは心配するから。

「あの人、カッコイイわぁ」

「あの堅物そうな顔がいいわよねぇ」

　き、きた‼

　ワラワラとあたしたちの周りに人だかりができる。

　あぁ……やっぱり……。

　おば様たちに蓮さんが狙われてる‼

　蓮さんはというと……。

「くあぁっ……眠い」

　あくびをしながら、あたしについてくる。

　……自覚なし？

　これだけの好奇の目線に気づかないの？

　あなたの身が危ないんですよ‼

「……蓮さんのバカァ」

「なんだ？」

　蓮さんは「どうした」と言わんばかりに、あたしを見つめる。

「さぁ!!　がんばって買い物するぞ!!」

「やけに気合い入ってるな……」

　いろんな意味で気合いを入れるあたしを、蓮さんは不思議そうに見つめていた。

「……はぁ……」

　買い物を終えた頃には、あたしの体力は尽きかけていた。

　ため息をついて、蓮さんからヘルメットを受け取る。

「疲れたか？」

　蓮さんは心配そうにあたしを見ている。

　うん、いろんな意味で疲れました。

「はは……」

　苦笑いを浮かべて先ほどのことを思い出す。

　まるでハンターのような鋭い目線で、今にも飛びかかろうとするおば様たちを牽制するのは、どれだけ大変だったことか……。

　今日はよく寝られそうだなぁ。

「このあとちょっと倉庫に寄ろうと思うんだが、体調が悪いならやめとくか？」

　心配する蓮さんに、あたしは首を振って笑みを浮かべた。

「あたしも……みんなに会いたい！」

Chapter 2 >> 135

　すると、安心したのか、蓮さんも笑みを浮かべる。
「……なら行くぞ」
　そして、また蓮さんのバイクのうしろにまたがって、倉
庫へと向かうことになった。

　倉庫に着くと、タケさん含め狼牙のみんなが歓迎してく
れた。
　なんだろう……みんなといると、なんだか落ちつく。
　蓮さんがいて、タケさんがいて……みんながいて……。
　豊さんや喜一お兄ちゃんと過ごしたあの空間も、あたし
は好きだった。
　だけどその反面、どこかさびしさも感じていた。
　あたしは本当の子供じゃないし、心の中ではあたしを
嫌っているんじゃないか……。
　そんなことを考えていた自分がいた。
　そんなこと、あるはずないのにね。
「……夢月、どうした」
　ボーッとしていたせいか、蓮さんがすぐ隣に座っていた
ことに今気づいた。
「あ……蓮さんに、あらためて感謝してたところなんだよ」
「なんだ、突然」
　蓮さんは小さく笑って、あたしを見つめる。
「あたし……今すごく幸せ。蓮さんたちに出会えてよかっ
たって……そう思ったの」
　蓮さんが、まっ暗だった暗闇から引きずりだしてくれた。

そして、あたしにたくさんの幸せをくれる。

「あたし、蓮さんに見つけてもらえて……よかった……」

　泣きそうになるのをこらえて笑うと、蓮さんは優しく頭をなでてくれた。

　そしてそっと、あたしの頭を胸に引きよせた。

「……俺も……お前を見つけたのが俺でよかったと思ってる」

　そう言ってくれた蓮さんに抱きつく。

　そっか、この出会いを、蓮さんもうれしいって思ってくれてるのかな？

　だとしたら……すごくうれしい。

　こんなにも、一緒にいて安心する。

　たまに、ふいに向けられる笑顔に、体温に、声に、言葉にドキドキさせられる。

　そんな感情に名前をつけるとしたら。

　あたしはたぶん……。

　蓮さんに、"恋"をしてしまったのだと思う。

　何度目を背けようとしても、もうごまかせないくらいに育ってしまったのだと思った。

「っ……」

　そのとき、また貧血なのか頭がクラクラして、蓮さんに寄りかかってしまう。

「夢月、体調が悪いのか？」

　心配そうな声にあたしはコクンとうなずいた。

「このまま、少し眠りたい……な……」

Chapter 2 ≫ 137

　ボーッとする頭で、蓮さんの体温だけを感じる。

　なんて幸せなんだろう……。

「あぁ……そばにいてやる、ゆっくり眠れ」

　その低くて優しい声に、あたしはそっと瞳を閉じた。

　なにも言わずに抱きしめてくれた蓮さんの腕の中で、今だけはと、その幸せに浸るように、眠った。

「んっ……」

　目を開けると、あたしはソファにひとりで眠っていた。

　隣にいたはずの蓮さんの姿がない。

「蓮さん？」

　蓮さんがかけてくれたであろう上着を手に立ちあがる。

「あれ……？　みんな……いない？」

　見渡すと、倉庫内には蓮さんはおろか、誰もいなかった。

「……みんな、どこ……？」

　時計を見ると、夜9時を回っている。

　あたし、どんだけ眠ってたの!?

　不安になって倉庫を出てみようと扉に手をかけると、勢いよく開いた。

「きゃっ!!」

「んあ？」

　驚いて尻もちをつくあたしを、闇夜を背に誰かが見おろしている。

　倉庫の外のライトがまぶしい。

　逆光のせいで顔が全然見えない。

「蓮……さん……？」

　まぶしさに目を細めたまま、あたしは顔をあげる。

「お前……狼牙の総長の女か？」

　グイッ。

「わっ……!!」

　腕を引っぱられ、無理やり立たされる。

　目の前には知らない男の人の顔があった。

「だ、誰!？」

　狼牙の人たちじゃない。

　知らない……人……。

　怖いよ、蓮さんっ……!!

「まさか、あの冷血男に女がいたなんてなぁ……。こりゃ
いいモン見っけ」

　男はニヤリと笑い、あたしを肩に抱えあげた。

「い、嫌あぁっ!!」

　バタバタを暴れるあたしを気にすることなく、ズカズカ
と狼牙の倉庫内に侵入する。

「蓮さんは!？　みんなはどこ!？」

「知らねぇのか？　狼牙のヤツらは今頃、俺ら紅嵐とドン
パチやってるわけよ。んで、俺が総長ってわけ」

　紅嵐……？

　族の人……ってこと……？

「なんで……」

「俺らが、狼牙の治める場所ももらってやるって言ってん
だ」

——ドサッ。

「っ!?」

　気づけば、さっきまで眠っていたソファに落とされていた。

「なにするの……?」

　おそるおそる男を見あげると、男はニヤッと笑い、あたしの手首をソファに押しつけた。

「嫌!!　痛いっ……」

　怯えた瞳を男へ向けると、男は満足げに笑う。

「それくらい拒んでくれねぇと……興奮できねぇよな?」

　男の顔がゆっくりと近づく。

　今、自分がどんな状況にいるのか、これからどうなるのか……。

　今すべてを理解した。

　あたし……このまま襲われちゃうの?

　こんな、知らない人に……。

「うぅっ……ぐすっ……」

　涙が溢れる。

　蓮さん……。

　蓮さんっ……!!

　怖いよ……怖いよ……。

——チュウゥ。

「んんっ!?」

　首筋を強く吸われる。

　チクリと痛みが走った。

「やだ!!」

「少し静かにしてろよ？」

　男はあたしの首筋を舌で舐める。

　ううっ、気持ち悪い!!

　ジタバタと動いても、びくともしない。

　——ブチッ!!

　シャツのボタンを引きちぎられ、下着が露わになる。

「やっ……や……め……」

「どうした、声も出なくなったか？」

　声が……掠れて出ない？

「……蓮さっ……んっ……」

　どうしよう……。

　蓮さんの名前を呼びたくても、声が出ない。

　モゾモゾッ。

　太ももをなでていた男の手がスカートをたくしあげる。

　嫌っ!!

　精いっぱい暴れても、やっぱり男には敵わない。

　嫌だよ……怖いっ!!

　男はあたしの体をまさぐる。

　服は乱れ、男の荒い息遣いだけが倉庫内に響きわたる。

「助けて……蓮さん……」

　か細い声だった。

　声にもならないほどに小さな叫び。

　蓮さん以外なんて、嫌っ!!

　もう、どうしようもないの……？

Chapter 2 　》　141

　　助けて……助けて、蓮さん……っ!!
　　──ダァァァン!!
　　すると、突然、倉庫の扉が開く音が聞こえた。
「夢月!!」
　　肩で息をした蓮さんがそこにはいた。
　　あ……。
　　ポロリと、瞳から涙が流れた。
　　蓮さんだ……。
　　蓮さんが助けにきてくれた……っ。
　　ホッとして、体から力が抜けた。
　　あたしと男を見て、蓮さんの顔色が変わる。
「……お前……夢月になにしやがった……」
　　やだ……。
　　蓮さんにこんなところ、見られたくなかったよ……。
　　自分がすごく汚い存在に思えてしまう。
　　地を這うような低い声で蓮さんは尋ねる。
　　その血走った瞳は、相手を殺せそうなほど……。
「あぁ、その顔が見たかったんだよ、狼牙の総長さんよぉ!!」
　　男は指先をペロリと舐めて不敵な笑みを浮かべた。
「……死ね」
　　蓮さんは男に向かって拳を振るう。
　　男も蓮さんに拳を向けた。
　　──ドスッ!
「がはっ!?」
　　殴られたのは男の方だった。

よろけた男に、すかさず蹴りを入れる蓮さん。

「ぐはぁっ!!」

──バタンッ!!

一瞬だった。

そのまま男は動かなくなる。

「……っ、怖い……蓮さん……」

あんなに怒っている蓮さんも、こんな殴り合いも、はじめて目の当たりにした。

怖くて体が震える。

「っ……」

倒れた男を呆然と見つめるあたしに、蓮さんが駆けよってくる。

「夢月!!」

そして、そのまま抱きしめてくれた。

なのに……。

体の震えは止まらなくて、気持ち悪くて……。

怖くて……蓮さんの腕の中にいても怖くて……。

先ほどの行為がフラッシュバックする。

「……んで……なんで……。来てくれなかったの!!」

あたしは蓮さんの胸にしがみついて泣き叫ぶ。

「何度も呼んだのにっ!! 蓮さんって呼んだのにっ……怖かったよぉ……」

「っ……悪かった、夢月!!」

それからしばらく、あたしは泣きつづけた。

Chapter 2 ≫ 143

　泣きやむと、安心したからか、なんだか頭がボーッとしてくる。

「……あとは頼む……。今はコイツを休ませる」

「うす……」

　タケさんたちは、蓮さんが紅嵐の総長を倒してすぐに倉庫へと戻ってきた。

　蓮さんがあたしを抱えて、みんなに背を向ける。

　すると、タケさんたちが無言で頭をさげているのが見えた。

　倒れたままの紅嵐の総長を、他のメンバーがかついでいるところが見えた。

　蓮さんは気にした様子もなく、振り返らずに倉庫を出た。

「……アイツらも、俺と同じ気持ちだ。お前を巻きこんで、守れなかった……」

　くやしげにつぶやかれる蓮さんの言葉に、さっき、「どうして来てくれなかったの」と責めたことを後悔した。

　くやしげに唇を噛む蓮さんが、あたしを見つめる。

「そんなに……噛んだら、ダメ……」

　あたしは弱々しく手を伸ばして、蓮さんの唇をなでた。

「ごめんな……ごめん、夢月」

「ごめん……ね、蓮さ……」

「どうして、お前が謝る」

「本当は……助けにきてくれて、うれし……かった……のに」

　そこまで言って、意識が急に遠ざかっていくのを感じる。

いろいろありすぎて、考えたくなかったからかもしれない。
「夢月……」
　切なげにあたしの名前を呼ぶ蓮さんの声を最後に、あたしは意識を手放した。

「……ん……」
　目を覚ますと、見慣れた天井が視界いっぱいに広かった。
「ここは……」
　あたし、蓮さんの家に帰ってきたんだ……。
　じゃあ、ここまで蓮さんが運んでくれた？
「目……覚めたか……？」
　すぐ隣から聞こえた声に、あたしはうなずく。
「うん……」
　横を向けば、蓮さんが心配そうにあたしを見つめていた。
　ずっと寄りそっててくれたんだね……。
　ふと、「なんで来てくれなかったの‼」と、蓮さんを責めたことを思い出す。
　あたし……気を失う前、蓮さんにひどいことを言った。
　蓮さんは助けてくれたのに……。
「……蓮さん……ごめんなさい。ひどいこと言って……」
　そう言うあたしを、蓮さんは抱きしめた。
　蓮さん……蓮さん、あったかいや……。
「俺が……守れなかったのが悪い……。怖い思いさせて悪かった……」

ひどく悲しい声で謝る蓮さんの声が、胸を締めつける。

　なんだか蓮さんが泣いているような気がした。

「……蓮さん……。あたし、汚いよね。お風呂……入ってくる」

　あの男の人に触れられたところが気持ち悪い。

　すべて、洗い流したかった。

　汚い……。

　このままの姿で、蓮さんには近づけない。

「……夢月、お前は綺麗だ。汚れてなんかないし、俺が消してやる」

　そう言って蓮さんは、横になっているあたしを押し倒すような格好で見おろした。

「蓮……さっ……」

　驚きながら、蓮さんを見あげる。

　でも……蓮さんを見た瞬間、なにも考えられなくなった。

　蓮さんは綺麗で、それでいて猛獣のような熱を宿した瞳であたしを見ている。

「これ……クソッ!!」

　蓮さんがあたしの首筋を見て顔をしかめた。

　……あの男の人に舐められたところだ。

　思い出すと、気持ち悪くなってくる。

「アイツ!!　俺が一番大事にしてるモンに手を出しやがった」

　低く怒りを表した声でそうつぶやき、あたしの首筋に荒々しく口づけた。

「蓮さっ！？」

　荒々しいのに、あの男の人とはちがう。

　触れられて、うれしいとさえ思う。

　蓮さんに触れられるたびに、冷たくなった体が温かくなっていく。

「……さわられた……だけか？」

　蓮さんの問いに無言でうなずく。

　蓮さんの吐息が肌に触れているのがはずかしい。

「……こんなやり方でしか……お前をなぐさめてやれない」

　蓮さんは切なそうにあたしに口づける。

「んっ……れ、蓮さんっ……！？」

　え、あたし今、蓮さんにキスされてる……？

　嘘、えっ……どうして！？

　頭の中がパニック状態で、蓮さんの顔を驚きながら見つめる。

「悪い、俺はもう……」

　蓮さんはあたしの首筋に顔を埋めたまま、つぶやく。

「もう、お前を女として見てる……」

「え……？」

　蓮さんの言葉に、耳を疑った。

　蓮さん、あたしのこと……女って……。

　いつもガキとか、子供扱いしかしてくれなかったのに……？

「夢月、お前が好きだ」

今度は顔をあげて、あたしの目を見つめてそう言った。

　そして、優しく頬をなでられる。

「たぶん、お前とはじめて会ったあの日から……俺はお前を……好きになってたのかもしれない」

　蓮さんが……あたしを……。

　信じられない……これは夢？

　そんな、切なそうに見ないでほしい。

　あたしまで、胸が苦しくなる。

「夢月、俺を拒むな。……好きって……言ってくれ……」

　そう言って近づく唇に、あたしは目をつぶる。

　拒否なんて、できるわけない。

　だって、あたしも……。

「あたしも……好き……」

「っ!!　……好きだ……夢月」

　そしてふたたび重ねられる唇に、あたしは泣いた。

　好きな人ができた。

　そして、その人……蓮さんも、あたしを好きだと言ってくれた……。

　こんなに満たされてるのに……。

　幸せなのに……。

　なのにあたしは、無責任にももうすぐ消えてしまう。

　あたしは、してはいけない恋をしてしまったのだと思った。

　でももう、止められないほどに、蓮さんが好き。

　もう、その温もりを拒絶することはできない。

あたしがいなくなったら、きっと……ううん、絶対に蓮さんを傷つける。

　それでも……あたしは蓮さんのそばで、この幸せに浸っていたい。

　蓮さんの唇がくれるぬくもりを受け入れ、あたしはそっと瞳を閉じた。

Chapter 3

蓮さんの看病

【夢月side】

　11月下旬、あたしはひどい頭痛とめまい、咳に見舞われていた。

「……ゲホッ……ゲホッ……」

　頭痛いな……。

　こんなに辛いなんて……。

「……38.9℃、やっぱり風邪か……」

　蓮さんは体温計とあたしを交互に見つめてつぶやいた。

　ただの風邪ならよかったんだけど……。

　あたしの体、免疫機能が弱くなってて、ウイルスや細菌に感染しやすいんだって前に先生に言われたことがある。

　きっと……白血病の症状が進んでるんだ。

　最近こういうことが増えてきたし、あたしに残された時間も……残り少ないのかもしれない。

「にしたって、熱が高すぎる。博美さんのところ行くぞ」

「……ゲホッ……うん」

　博美さんなら……大丈夫だ。

　事情も説明してあるもんね。

「……ひどい熱だな……」

　あたしのおでこに触れながら、心配そうにあたしの顔をのぞきこんでいる。

　体調をこんな風に崩すのは、これがはじめてじゃないか

ら、覚悟はできてたけど……。

　やっぱり慣れるものじゃないよね。

「……動けそうか？」

「……っ……ごめっ……無理みたい……」

　体が重い。

　まるで自分の体じゃないみたいだ。

「……これは……来てもらったほうがよさそうだな」

　──ピッ、ピッ……プルルルッ。

　蓮さんはどこかに電話をかけはじめた。

　博美さんにかな……？

『蓮、久しぶりね!!』

「……あぁ。そうだな」

　蓮さんは耳からスマホを遠ざけて会話する。

　博美さん、声が大きいな……。

　ベッドに寝ているあたしにまで聞こえるなんて。

　さすが元総長……。

　だから蓮さん、あんなに耳から離して通話してるんだ。

『今日はどうしたの？』

「……夢月が熱を出した」

『熱……ですって!?　わかったわ、今から行くわね』

　──ピッ！

「……すぐ来る。がんばれ、夢月」

　電話を切った蓮さんに、頭を優しくなでられる。

　そのせいか、だんだん睡魔が襲ってきた。

　あぁ……心地いいなぁ……。

眠く……なってきた……。

　蓮さん、心配かけてごめんね……。

　蓮さんに身を任せて、あたしはそのまま眠ってしまった。

「……すごい熱ね。夢月ちゃん、辛いでしょうに……」

　誰かの声が聞こえた。

　それに合わせて、少しずつ意識が浮上する。

　あれ……誰だろう。

　あ……博美さんだ。

　意識がはっきりするにつれ、その声の主が博美さんだと

わかった。

「……今日いきなりだ」

「……そう」

　博美さん、なにも言わない。

　あたしが、言わないでって言ったから……。

「……風邪じゃないのか……？」

「それは……」

　言いよどむ博美さんの腕を、蓮さんがつかんだ。

「なにか、知ってんだな」

「蓮、前に言ったはず。あんたにしか、夢月ちゃんの心は

変えられないのよ」

　博美さん……。

　それは、あたしの気持ちのことだろうか。

　あたしは、自分でさえ自分の心がわからない。

　ふたりとも、あたしが起きていることには気づいてない

みたい。

　それにしても、気持ち悪い。

　頭が割れるように痛い……。

　なんでか、体中がギシギシ痛む。

　蓮さんが心配するから、これ以上、具合が悪そうなところを見せたくないけど……。

　もう……限界……。

　体はボロボロだ。

　あたしは胸をギュッと押さえた。

　少しでもこの痛みが和らぎますようにと……。

「俺にしか変えられないって、なんだよ」

「……あなたにそれを教えることはできない」

「……なんだと？」

「言葉どおりよ。あたしは医者なの。患者の情報を他人に口外することはできない」

　頑なに口を閉じる博美さんに、蓮さんがイラだっているのがわかった。

　グッ。

　博美さんの腕をつかむ蓮さんの手に力が入る。

「……っ……乱暴ね……。でも、あたしが教えられることはなにもないわよ」

「……っ……クソッ!!」

　蓮さんが荒々しく手を離すと、博美さんは乱れた服を整えた。

　博美さん……あたしのせいで蓮さんに責められてる。

ごめんなさい……。

　申し訳ない気持ちでいっぱいになった。

「大事なのね……夢月ちゃんのこと」

「……なにが言いたい」

「……ひとつだけ忠告してあげる。これは医者としてじゃ

ない……あなたの姉のような存在として言うわ」

　博美さんは、いつものような余裕の笑みを消した。

「夢月ちゃんのそばにいたいなら……覚悟を決めなさい。

生半可な気持ちであの子に近づけば、近いうちにお互い後

悔することになるわ」

　博美さんの言葉に、蓮さんは固まった。

「……どういう意味だ」

「あたしが言えるのはここまでよ。あとはあなたしだいだ

わ、蓮。答えが出たら、また助言くらいしてあげる」

「俺の覚悟って……なんだよ……」

　蓮さんの掠れた、弱々しい声に胸が痛む。

「蓮さん、博美さん……」

　あたしはそこでゆっくりと体を起こして、声をかけた。

「目が覚めたのね！」

「……あ……博美さ……」

　抱きしめてくれる博美さんに、あたしは胸がいっぱいに

なる。

「夢月」

「……蓮……さん……」

　蓮さんはあたしの頭を何度もなでてくれた。

絶対びっくりしてるよね……。

これがただの風邪じゃないって……蓮さんだって気づくはずだ。

「……大丈夫だ……そばにいてやるから」

何度も何度も頭をなでられるうちに、痛みも不思議と消えてきた。

「……蓮……さ……ごめ……ね……」

いっぱい心配かけてごめんね。

驚かせてごめんね。

なにも言わなくてごめんね……。

「謝るな」

「……なん……でかな……ははっ、もう謝るしかっ……」

そう言ってへへって笑うと、蓮さんは辛そうな顔をした。

あぁ……知ってる……。

あたしはこの顔を知ってる。

あたしが無理して笑うたび、豊さんと喜一お兄ちゃんが見せる顔だ。

あたしは蓮さんのこんな顔……見たくなんかないのにな。

それでも、蓮さんのそばにいたいから……打ちあけることはできない。

最後まで……あなたのそばにいたいんだよ、蓮さん。

傷つけてごめんね……。

ゆっくりと目をつぶる。

疲れもあってか、そのまますぐに眠れた。

それから数日間、あたしの熱は続いた。

　その間、蓮さんは外出もせずに、ずっとそばにいてくれた。

　忙しいはずなのに、仕事とか狼牙のこととか、大丈夫かな……。

　蓮さんはあたしになにも尋ねない。

　病気なのかとか、聞きたいことはたくさんあるはずなのに、なにも聞かないでいてくれる。

　その、なにげない優しさがうれしかった。

「お前は寝てろ。俺が看病する」

　少し体調がよくなってきたあたしがベッドから出ようとすると、それを制して自分が看病すると言いだした蓮さん。

「えと、もう大丈……」

「ダメだ」

　そう言ってキッチンに向かう蓮さん。

　不安だ……不安すぎるよ！！

　蓮さんは、タバコひとつで火事を起こせるような人間国宝なんだよ！？

　看病する前に、じゅうたん火事が起こるよ〜！！

　ハラハラしながら蓮さんと家を案じていると、なにやらキッチンから不審な音が聞こえてきた。

　——ガタンッ！　バキッ！！

「…………」

　バキッ！？

　バキッってなに！？

なにも言えずに、ハラハラしながらその音がどうか破壊音じゃありませんように、と祈る。

——ガタガタガタ!!

今度はなに!?

や、やっぱり、じっとしてられない!

ベッドから飛びおりてキッチンへと向かうと……。

「……ひぃっ!!」

あたり一面が黒い煙とガラスの破片だらけになっていた。

いったい、なにがあったの!?

どうしたら、こんなに破壊できるのー!!

「と、とりあえず、蓮さん!! 大丈夫!?」

煙の中に声をかけると、ムクッと誰かが立ちあがる。

「……問題ない」

問題があるのは、あなたのうしろに"あった"キッチンです。

「無事でなによりです……。で、いったいなにがあったの?」

その問いに、蓮さんはバツが悪そうな顔をする。

「……お湯を沸かすところまでは何事もなかったはず……なんだが……」

蓮さんによると、お粥を作るためのお湯を沸かしながら横で人参を切っているときに事故が起きたらしい。

お粥のお字もできていない時点で、事故が起きたんだね……。

あたしは苦笑いを浮かべてキッチンの窓を開け、換気扇を回した。

「悪い……」

　蓮さんは落ちこんだ表情であたしを見ている。

　そんな蓮さんが可愛いと思ってしまった。

「蓮さん、今度はあたしと一緒にお粥を作ろう？　覚えたら、今度は蓮さんがひとりで作って食べさせてね」

　そう言って笑顔を向けると、蓮さんは少し元気になって、うれしそうに笑った。

「あぁ、まかせろ」

　それからふたりでお粥作りをする。

　片づけは大変だったけど、そこまで大事にならずに済んだからよかった。

　こんな風に、ときどき事故は起きるけど、蓮さんと過ごす1日1日は、なんて幸せなんだろう……。

「人参……切るぞ……」

　まるで、人を殺しそうなくらいの殺気で人参を見つめる蓮さん。

　こ、怖っ!!

　相手はただの人参です!!

　そして、蓮さんが包丁を振りあげた。

　なんで振りあげたー!?

「そ、そんな高いところから振りおろさなくていいの!!」

「そうなのか？」

　どうしてキッチンがあんなことになったか、わかった気

がした。

「…………」

蓮さんは無言で困ったようにあたしを見る。

「こうやって……こう」

手本を見せてあげると、蓮さんは笑みを浮かべた。

「……蓮さん？」

笑顔を浮かべる蓮さんを不思議に思いながら見ていると、蓮さんは、あたしをうしろから抱きしめた。

「わっ……蓮さん!?」

固まったまま見あげると、蓮さんは優しげな笑みをあたしに向けている。

「こういう時間……幸せだ」

蓮さんの言葉に目を見開く。

あたしと同じこと……思ってくれてたんだ……。

うれしくなって、あたしも笑顔を向けた。

「蓮さんと過ごす1日1日は、あたしにとってどれも幸せだよ」

すべてが大切な思い出。

そして明日、あさってと、日を重ねるたびに増えていく。

いつの間にか、命が終わる恐怖より、明日が来る幸せを楽しみに思えるようになっていた。

今の時間を、大切にしたい。

だからやっぱり……あたしは、治療をして病院に縛りつけられて死ぬより、このまま……。

「ほら、蓮さん。手が止まってる！」

「お前もだろ」

　そんなことを言い合いながら、ふたりで笑い合う。

　こんな普通の日々を生きていたい。

　いつか来る終わりに目を背けて、いつまで続くかわからない幸福に浸っていたい。

　どうか、少しでもこの日々が長く続きますように。

　終わりを望んでいたはずなのに、いつしかあたしは、蓮さんと少しでも長くいたい……。

　そう思うようになっていた。

消えない傷に流れる涙

【夢月side】

「……久しぶりだな」

　３日後、あたしの体調が回復して、今日は久しぶりに狼牙のみんなに会いにきていた。

　蓮さんはあたしの手を引いて倉庫の中へ入る。

　すると、中にいたみんなの視線がバッとあたしたちに集まる。

「……そ……総長ーっ!!　夢月さーん!!　おはようございます!!」

　あたしと蓮さん以外のその場にいた人たちが、いっせいに頭をさげた。

「わっ……」

　あまりのボリュームに、あわてて耳をふさぐ。

　倉庫中にゴワゴワと声が響いた。

「……行くぞ」

「えっ……あっ……」

　蓮さんに手を引かれるまま、ズカズカと中へ進む。

　それからドカッと、大きなソファに座った。

「……蓮さん、おとといの、他の族のヤツらが総長の留守を狙って奇襲しかけてきたんすよ!!」

　この前も紅嵐と抗争になっていた……。

　大変な時期のはずなのに、あたしのそばにつきっきりで

大丈夫だったのかな……。

「蓮さん、あたしのせいで……」

「ちがう……俺が勝手にしたことだ。そんな顔をするな」

　よっぽど情けない顔をしていたんだろう。

　ポンッと頭をなでられて、逆になぐさめられてしまう。

「そうか」

「そんで俺、一発食らわせてやって……」

「…………」

　興奮したように話しているタケさんを無視して、蓮さんは昼寝を始める。

　あたしはそんな蓮さんを見つめながら、自分が蓮さんの重荷になってしまっていないか、不安だった。

「って!!　寝ないでくださいよー!!」

「タケさん、お久しぶりです」

　頭を抱えるタケさんに、あたしは苦笑いしながら声をかけた。

「あ!　夢月さん、久しぶりっす!　そうだ!!　よかったらトランプしません?」

「トランプ?」

　蓮さんは寝ちゃうし、タケさんたちはトランプ……。

　相変わらず、自由だなぁ。

「ババ抜き、総当たり戦っす。人数多いんで、5人ずつやってるんすよ」

　タケさんは楽しそうに笑いながら、あたしをソファに座らせた。

Chapter 3 >> 163

「夢月さん、これを」

　隣に座っていた人がトランプを渡してくれた。

「あっ……ありがとうございます」

　それから狼牙の人たちとババ抜き大会をやった。

　最初は、暴走族に対して怖いイメージしかなかったけど、みんな優しくて、誰よりも仲間を大切にする人たちばっかりだ。

「……おぁーっ……負けた……」

「タケ、元気出せよ!!」

　落ちこむタケさんの肩にみんなが手を置く。

「タケさんは運がないだけですよ!」

「タケ、じゃんけんも弱いしな!　気にすることねぇって!」

　あれ?　全然なぐさめになってないような。

　むしろ、傷つけてるような……。

「……お前ら……」

　タケさんがゆらゆらと立ちあがる。

　みんな口々にヤバい、とつぶやいて後ずさった。

「夢月さん、逃げますよ!」

「えっ……」

　トランプを渡してくれた人が、あたしの手を引いて走りだす。

「しばいたる!!」

　そして、タケさんが暴走した。

　トランプ大会は強制終了となり、急きょ命がけの鬼ごっ

こになった。

「……お前ら、バカだな」
　疲れはてて倒れているみんなを、蓮さんはあきれ顔で見ていた。
「つ、疲れちゃった……はぁっ」
　こんなに走ったのは久しぶりだし、病みあがりだから。
　膝に手をついて、身を屈める。
　みんなも全力で鬼ごっこをしていた。
　やっぱり、狼牙のみんなはあたしたちとなにも変わらない。
　仲間思いだし、仲のいい明るい空気が好きだった。
「総長〜、それはないっすよ……」
　タケさんは落ちこんだ顔をしていた。
　蓮さん、容赦ないんだな……。
「……そろそろ帰る」
　蓮さんはそう言って、あたしに目配せをした。
　これは……行くぞってことだよね。
　歩きだしてしまう蓮さんにあわてて駆けよる。
「お疲れ様っした!!」
　来たときみたいに、みんなが頭をさげる。
　いつ見ても慣れないなぁ……。
　総長の蓮さんはともかく、どうしてあたしにまで……。
「夢月さーん!!　また来てくださーい!!」
　名前を呼ばれて振り返ると、狼牙のみんなが手を振って

いた。

「……っ……はい!!」

　また来てくれなんて……なんかうれしいな。

　あたしのことも仲間だって思ってくれているみたいで。

「……夢月……行くぞ」

　蓮さんがあたしに手を差し出す。

　あたしはその手に自分の手を重ねた。

　出会ったあの日みたいに……。

　蓮さんの手はやっぱり冷たいけど……すごく、優しい手
だった。

　バイクで30分ほど走ると、蓮さんは海岸沿いの道路端に
バイクを停めた。

「……着いたぞ」

　蓮さんがあたしの手を引いて歩く。

「海……」

　そう、蓮さんが連れてきてくれたのは海だった。

　「ちょっと寄りたいところがある」、そう言ってここまで
来た。

　倉庫を出たのが4時くらいだったから、日が暮れはじめ
ていた。

　綺麗な夕日が海を照らしている。

「……星みたい……」

　海が空で……反射した光が星のように、キラキラと輝い
ている。

「……お前は星ばっかりだな」

「へへっ……そうかな？」

　ふたりで砂浜に腰をおろす。

　服が汚れるなんて気にしなかった。

　海の音、潮風……すべてが心地いい。

　しばらくふたりで海を見つめていると、蓮さんがポツリと口を開いた。

「……お前は……ヘンなヤツだな」

「……えっ!?」

　突然なにを言いだすかと思えば、ヘンなヤツだなんて。

　軽くショックを受けていると、「ちがう」と言って後頭部をガシガシとかく蓮さん。

「……いい意味でだ。お前は、いつも気づいたらそばにいる」

　なんでだろう……蓮さんの声がいつもより優しい。

「……最初は……ただの同情と好奇心だった。ほっとけないって思ったし、おもしろそうだったからな……お前」

「ええっ」

　おもしろい、そんな理由であたしを拾っちゃう蓮さんの方が……ヘンな人だと思います。

　あたしは心の中でつぶやいた。

「……俺は……人が嫌いだ。人が人に近づくのは、自分の利益、欲のためだろ。だから、いつも周りとは一線を引いてきた」

　海の地平線を見つめながら、蓮さんは言葉を紡いでいく。

そんな風に思ってたんだ。

蓮さんになにがあったの？

はじめて蓮さんから自分のことを話してくれている。

だからあたしも……しっかり受けとめよう、そう決めた。

「どこから話せばいいか……」

そう言って蓮さんは、空を見あげた。

【蓮side】

夢月に話しながら、俺は過去を思い出していた。

＊　＊　＊

『蓮、お前は財閥の跡取りだ。つねにそれを忘れるな』

『はい』

秋武財閥の本社の応接間で、俺は目の前に立つ無表情な父さんにそう返事を返した。

中学１年の俺は、部活や放課後、友達と遊んだり、中学生らしいこともさせてもらえずに、ひたすらに経営学やらマネジメントやらを学ばされる毎日だった。

父さんとは、家族らしい会話もなかった。

『あなた、蓮はまだ中学生なんですよ、もっと……』

『蓮はこれからの秋武財閥を担っていくんだ！！　ただの子供では困るんだ、お前は黙っていなさい』

学校帰りに本社の応接間に呼ばれた俺は、父さんと母さ

んの言い合いをただ見つめる。

『っ……』

　ものすごい剣幕に、なにも言えなくなってしまう母さんの姿は、小さく震えているように見えた。

　この光景も、何度も見てきた。

　家族なんて、崩壊してる。

　俺を子供だと思っていないだろう父さん、かばおうとして傷つくけれど、なにも変えてはくれない母さんに、俺は嫌気が差していた。

　本社からの帰り道、俺はスーツのネクタイを軽く指でゆるめた。

　母さんは会社に残って、俺の教育のことで父さんから説教されているんだろう。

『……はぁ』

　息が詰まりそうだ。

　どうせ父さんは、俺を財閥を維持するための道具としか思っていない。

　私利私欲の塊。

　家族に対してまで、そのためにしか動かないんだ。

『帰りたくないな』

　ふいに、この目に映るなにもかもが汚く見えて、世界が残酷に見えた。

　近くの路上に腰をおろして、ボーッと空を見あげる。

　財閥の跡取りである秋武蓮には、財閥という居場所がある。

Chapter 3 ≫ 169

　だけど、ただの秋武蓮……本当の俺の居場所なんて、ど
こにもない。
『お父さん、お母さん!!』
　すると、目の前を小学3年生くらいの男の子が、父親と
母親に駆けよっていくのが見えた。
　なんとなく、それを視線で追ってしまう。
『今日、かけっこで2番になったんだよー!!』
『さすが俺の息子、すごいじゃないか!!』
『ふふっ、今日はお祝いしなきゃね』
　そう言ってその子を包みこむように抱きしめる両親を見
て、はじめて「家族ってああいうモノなんだ」と思った。
　俺の父さんなら、2番なんて許さないし、そもそもかけっ
こに興味も示さないだろうな。
　そんな風に、ただ人が流れていくさまを見つめていた。

　どれほどの時間がたったんだろう。
　自嘲的な笑みを浮かべて、ゆっくりと空へ視線を戻すと、
茜色と藍色が混ざり、うっすらと霞む星々が見えた。
　気づけば、何時間もここにいたらしい。
　それでも動きだせずにいると、『よお』と声をかけられた。
　声の方に向くと、俺の顔をのぞきこむ女がいた。
『こんなところでなにしてんだよ、ガキ』
　女とは思えない口調のその人は、長い金髪を上にひとつ
に束ねて、バイクにまたがっている。
　あきらかに、ヤバい女だった。

『中坊くれぇに見えるけど、いっちょまえにスーツなんか着て、どーしたよ』

『っ!!』

　そうか……俺、この格好でいるのが当たり前だったせいで気づかなかったけど、普通はヘンだよな。

　これが、普通の反応なんだよ。うちがおかしいんだ。

『……ワケありか？』

『…………』

　笑みを浮かべる女になにも言えず、うつむく。

　俺は、どうして普通の幸せをもらえなかったんだ。

　なにがいけなかったんだろうと考える。

　頭痛がして、とたんに悲しくなった。

『……あたしは、早瀬博美。ついてきな、坊主』

『……え？』

　そう言ってバイクの上から手を差し出す博美さんに、俺は目を見開く。

　なにかが、変わる気がした。

　この人なら、俺をこの無機質な世界から救ってくれるような、そんな気がしたんだ。

『考えるな、その小さな頭で考えても、いい考えなんて浮かびやしないよ。大事なのは、自分が今どうしたいかって、気持ちだ』

　どうしたいかって、気持ち……。

　その言葉は、俺の心のぽっかりと空いた穴を埋めるように、ストンと胸の中へと落ちてきた。

『行きたい……行きたい』

　はじめて、自分の気持ちを言葉にした。

　物心ついた頃から文句も言わず、父さんの言いなりに
なって生きてきた俺の、はじめての意思表示だった。

『みんなー、今帰ったぞ! !』

　バイクに乗せられてたどり着いたのは、港沿いにある古
びた倉庫だった。

『総長、またひとりで出歩いて……。紅嵐のヤツらに襲わ
れでもしたら、どーすんすか! !』

『いや、総長ならひとりで倒すんじゃね?』

『ちがいねぇ! !』

　あっという間にガラの悪そうな男たちに囲まれる。

　な、なんだここは……。

　生まれてから13年間、あの殺伐とした世界にいたからか、
ある程度のことには対処できた。

　でも、これは……。

『そ、総長!? 規格外すぎる』

『ハハッ、驚いたか坊主。ここがあたしの大事な族、狼牙
のたまり場だ』

　そう言って頭をポンポンとなでられた。

『総長、なんすか? この坊主』

『拾い物』

『またかよ! !』

　どうやら博美さんは、こんな風に誰かを連れてくる常習

犯らしい。

『俺らだって同じようなモンだろーが』

『まぁ、それもそうか』

　同じようなモンって……コイツらも、俺と同じでここに連れてこられたのか？

『総長は、行き場のない俺たちに居場所をくれたんだ。お前みたいに、ここに連れてこられてな』

『俺みたいに……』

　ここには、俺みたいになにかしら問題を抱えた人間がいるってことか……。

『好きに過ごせ、坊主』

　そう言ってソファにドカッと座る博美さんの隣に、なんとなく腰かけた。

『博美さんが連れてきたんだ、好きに過ごせって言われても困る』

　勉強、仕事と、今まで過密スケジュールで過ごしてきた。

　だからか、突然与えられた自由な時間をどう過ごせばいいのかがわからない。

『与えられるのは、考えなくていいから楽なんだ』

　隣に座った博美さんがポツリと言った。

『……忙しかったけど』

『忙しくても、言われたままに動くのは、自分で考えて動くよりはるかに楽だよ、坊主』

『そうなんだ……いや……』

　たしかにそうか。

やることはたくさんあったし、忙しくもあった。

でも、自分で考えることはせずに生きてきたかもしれない……。

俺は、ただ自由に過ごすということが難しいと思った。

今までは与えられるばかり、なにもかもが父親のいいなり。

『俺は、父さんの人形か……』

言うことを聞く操り人形が欲しかったんだ、きっと。

……愛情なんて、ない。

『……そうか、あんまり家族とうまくいってないな？』

『……家族と呼んでいいのかすら、怪しい』

『あたしの家はな、医者の家系なんだ』

突然、博美さんは身の上話を始める。

俺は静かに耳を傾けた。

『うちの家族は、医者になって、病院を継ぐ人間としか、あたしを見てなかったよ』

『っ！』

それは、財閥の跡取りとしての俺にしか興味のない父さんと同じだった。

『自由なんて知らなかったあたしも、こうして族に入って、バカみたいに騒いだり、仲間守るために必死になったりして……そこではじめて、人間らしいって思えたんだ』

それは、まるで俺の道を照らす光のように思えた。

俺にも、こんな風に変われる日が来るかもしれないって、希望を抱いた。

『お前は、変わりたくないのか？　変わろうと思えば、人

は変われる』

『……変わりたい。変わりたいに決まってる!!』

あんな虚しいだけの世界に生きていたくない。

『なら来い、坊主。あんたの、その意志の強い瞳に興味が湧いた』

俺は、もっと俺自身を必要としてくれるような、そんな場所で生きたい。

それは、ここにこそあるような気がした。

『秋武蓮、俺の名前……』

『蓮……今日からお前は、この狼牙の仲間だ』

仲間。

その一言に、胸が熱くなった。

俺は俺だ。

父さんの言いなりになんかならない。

暴走族に入るのは、父さんへの抵抗でもあるんだ。

俺はこの日はじめて、自分の居場所を見つけられた。

だけど、この居場所も、いつかは手離さなければならない。

父さん……親父は、俺の暴走族入りをもちろん猛反対した。

説得できないとわかった俺は、引きさがるしかなかった。

だけど、ひとつだけ条件をつけた。

それは、"高校3年まで" という期限つき。

卒業すれば、俺はあの私利私欲、汚いもので溢れた世界

へと戻らなきゃいけない。

　そして、もうそのときはすぐ目の前まで迫っている。

　……そろそろ、アイツらのいない世界に慣れないといけ
ねぇ。

　そう思って、少しずつ倉庫へは行かなくなっていたそん
なある日、俺は夢月を拾ったんだ。

『……俺のところに来い』

　目の前で、行き場のない迷い猫みたいな顔で震える少女
に、手を差しのべる。

　いつか、博美さんが俺を見つけてくれたときのことを思
い出した。

　すると、俺が表情に乏しいせいか、案の定、少女は怖がっ
ているように思えた。

　困っていると、急にその子が笑いだした。

　ますますワケがわからなくて困惑していると、彼女は
言ったんだ。

　一緒に行きたい、と。

　その瞳に、俺の孤独と似たような孤独を感じた。

　だから拾ったのに……。

『すごく……幸せで、残酷な夢だったよ』

　拾ったその日、眠りながら涙を流す夢月に、胸が締めつ
けられた。

『タバコはご飯じゃないよ？』

『た、食べなさい！』

　夢月とファミリーレストランに入ったとき、総長で無表

情、怖がられる要素しかない俺にハンバーグを差し出して説教した夢月。

　俺が世話を焼くはずが、いつの間にか夢月に世話されてたな……。

　それをわずらわしいとは思わなかったし、むしろうれしかったのを覚えている。

『人間って、死んだら星になるんだって』

　星を見あげるたびに見せる悲しげな顔に、その理由を知りたい、俺にできることはないかって思った。

『え！　彼女じゃないんすか!?』

『ほんとに居候なのか!?』

　狼牙の連中が家に押しかけてきたときに、夢月をとられると思って、嫉妬して抱きあげたりしたな。

『蓮さん、ありがとう』

　夢月の家出の理由、抱える痛みを知ったときに、俺がコイツを、守らなきゃと思った。

　夢月はたぶん……体が弱いんだろう。

　夢月も博美さんもはっきりとは言わないから、事実はわからない。

　でも、体調のことも家出のことも、夢月はなにかを抱えていて、誰にも話せずにひとりで強がっている。

　そう思ったら、俺がコイツを守らなきゃって思った。

　俺を見つめて、本当の俺を知ってもそばにいてくれた夢月が、いつの間にか大切な存在になっていた。

　アイツを想うたびに切なくなったり、失うかと不安に

なったり。

　そばにいるのが当たり前になっていて、姿が見えないと不安になったり、守りたいと思う……。

　これを、恋とか愛と、呼ぶんだろう。

「蓮さん……」

　今も、じっと俺の話を聞いてくれている夢月に、俺は心癒やされる。

　……俺は、夢月が好きなんだ。

【夢月side】

　蓮さんは長く沈黙し、なにかを考えこんでいた。

　そして、ポツリ、ポツリと話しだす。

「……俺は、財閥の跡取りで、もうすぐ親父の会社を継ぐことになってる。生まれたときから決まっていた、自由のない人生だな」

　海を見つめているはずの蓮さんは、もっと遠い、どこかを見つめているように思えた。

「高校卒業までは自分の好きなように生きていいっていう約束で、卒業してからは、毎日、会社を継ぐための引き継ぎやらなんやらで、俺の意志なんて無視で働かされる」

　辛そうに顔を歪める蓮さんの話を黙って聞いていた。

　財閥……お金持ちの家ってことだよね。

　蓮さんは、決められた道を歩かなきゃいけなかった。

　自由に生きられない運命なんだって……ずっと苦しんで

きたんだ。

「暴走族に入ったのは、親父への抵抗だった。まぁ、いつの間にか総長にまでなって……アイツらと出会って……。アイツらは利益や欲を考えない、ただ仲間のことを大事にするまっすぐなヤツらだった」

狼牙の仲間のことを考えているんだろう。

蓮さんは笑顔を浮かべていた。

「蓮さん……」

「でも、俺もそのうち、親父みたいに、会社の利益しか考えられない人間になっていくんだろうな」

さびしそうにつぶやく蓮さん。

あたしに……なにかできることはないのかな。

こんなに苦しんでいる蓮さんに、してあげられることは……。

「……蓮さん……」

蓮さんの左手を両手で握りしめる。

蓮さんの手は、やっぱり冷たい。

「……知ってる？　手が冷たい人は心が温かいんだって。だから、蓮さんは利益や欲だけを考えて生きているような、冷たい人間にはならないよ」

だって、あたしにすごく優しくしてくれた。

「……狼牙の人たちがあんなに仲よくて、仲間を思えるのは、蓮さんが総長だからだよ。蓮さんがいたから……みんなついてきたの。不器用だけど優しくて……誰よりも辛い思いをしてきたからこそ……。蓮さんは、優しい蓮さんの

ままだよ。なにがあっても変わらない」

「……俺は……そんな優しい人間じゃない。変わらないなんて言いきれないだろ。人はいつか変わる。時間がたてばたつほど……」

「……たとえ……たとえそうなったとしても、蓮さんにはみんながいるよ？」

狼牙のみんながいる。

蓮さんが迷ったときは必ず助けてくれる。

「蓮さんは、ひとりじゃない」

蓮さんは目を見開いたまま、あたしを見つめていた。

どうか……あなたのそばにはみんながいることが伝わりますように。

そんな思いをこめて蓮さんを見つめ返した。

「……蓮さんの居場所は、蓮さんのいたいところだよ。自由になりたいなら……逃げちゃえばいいんだから！　自分の人生は、他人が決めた人生じゃないよ」

誰にでも、自分の人生を決める権利がある。

それは、他人が決めていいことじゃない。

「……夢月……ククッ、やっぱりすげーな」

結構真剣に言ったつもりなのに、笑われてしまった。

「れ、蓮さんっ!?」

「……なんでかわからないが……。夢月が言うと説得力がある」

蓮さんは座っているあたしの頬をなでた。

「蓮さん……」

「……お前は……そばにいてくれるか……？」

　蓮さんの手に重ねようとしていた手が止まる。

「……え……？」

「……お前だけは……手放せる自信がない……」

　蓮さんの言葉に鼓動が速くなる。

　手放せる自信がない……。

　そこまで蓮さんは、あたしを想ってくれてるんだ。

　あたしを必要としてくれてる蓮さんが、あたしを……。

　すごく、うれしい……。

　じゃあ、あたしはどこまで、蓮さんを好きになってる？

　この命が尽きて、蓮さんを置いていったあと、蓮さんは誰かにまた恋をして、こんな風に触れるかもしれない。

　そんなの、想像するのも嫌。

　想像だけなのに、こんなに胸が引きさかれそうになる。

　それを許せるほど、あたしは寛大にはなれない……。

　そう、あたしもきっと、蓮さんを手放せない。

「……蓮さん……」

　グイッ！！

　突然腕を引っぱられて、少し腰が浮いたその瞬間……。

「……んっ……」

　唇になにかが触れた。

　やわらかくて、温かくて……。

　これは……唇……？

　蓮さんの前髪が頬をくすぐる。

　あたし……蓮さんにキス……されてるの？

Chapter 3 ≫ 181

「……夢月」

　唇は離れたけど、蓮さんとの距離は鼻先がぶつかりそうなほど近い。

「……好きだ……夢月……」

　あたしの頬を両手で包みこむ。

　熱のこもった瞳で、蓮さんはあたしを見つめてくる。

「あたしも……好き……」

　なのに、あたしは自分の気持に迷いがある。

　いつか、蓮さんを置いていくあたしは、無責任でしょうか?

　死んじゃうのに……。

　蓮さんとずっといることなんて、できないのに……。

「……あたし……」

　このまま流されても、蓮さんをここで手放しても、どっちも辛いことには変わりない。

　どうすればいいの?

「……夢月がなにかを抱えてるのかは知ってる」

「え……」

　蓮さんの言葉に、なにを言われるのかと不安になり、動悸がする。

「お前もひとりじゃない、夢月。だから、夢月もあきらめるな」

「っ!!」

　その言葉に、涙が溢れた。

　蓮さんは、人生を。

あたしは、命を。

　ひとりじゃないから、あきらめるなと言ってくれている
のだと思った。

「……なにも言わなくてもいい。でも、辛くなったら俺を
頼れ」

　そう言ってあたしの涙をぬぐう蓮さんに、あたしは泣き
ながらうなずく。

「それと……」

　蓮さんはそっぽを向いて、バツが悪そうに後頭部をガシ
ガシとかいた。

　蓮さん……？

　どうしたんだろう。

「……て悪かった……」

「……え……？」

　強い風が吹いたせいで、蓮さんの声が聞こえない。

「急に、キス……して悪かった」

　そう言った蓮さんの頬は、少し赤かった。

「……あっ……」

　あらためて言われると、はずかしい……。

　あたしの顔もまっ赤なんだろう、蓮さんは困った顔をし
ている。

　蓮さんなら、こういうのには慣れてるのかと思ってたけ
ど……。

　そうじゃなかったんだ……。

　そんな蓮さんを知れたことがうれしかった。

「……行くぞ……」

蓮さんはあたしの手を引いて、立ちあがらせてくれる。

少しずつ変わっていく。

季節が変わるように、時間が進んでいくように……変わらないモノなんて絶対にない。

あたしと蓮さんの関係も……。

ただの"居候"から、"大好きな人"に変わりはじめた。

さよなら、大好きな人

【夢月side】

「……んっ……ふわぁっ……」

　大きなあくびをして体を起こす、ある日の朝。

　蓮さんにあきらめるなと言われてから、2日がたった。

　なんとなく体がだるくて熱っぽい感じがする……。

　体温計を取りにいこうとして、隣に蓮さんの姿がないことに気づいた。

「あれ……？」

　どこに行っちゃったんだろう……。

　蓮さんがあたしより早く起きるなんてありえない。

　なんかあったのかな……。

　ベッドからおりて体温計を脇にはさむと、リビングへ向かう。

　すると、テーブルの上に書き置きを見つけた。

夢月へ

出かけてくる。

すぐに帰る。

なんかあったら電話しろ。

「……ふふっ……」

　箇条書きで文章にすらなっていない。

それなのに、愛情を感じた。

　蓮さんらしいな……。

　──ピピッ。

　体温計が鳴り、取り出すと37.3℃と微熱があった。

「まただ……」

　最近、熱を出すことが多くなった。

　体はだるいし、貧血も前よりひどくなった気がする。

「蓮さん……」

　幸福な気持ちは、すぐに不安へと変わる。

　未来のないあたしが……誰かを好きになること。

　その重さに、ときどき押しつぶされそうになるんだ。

「蓮さんは、あたしみたいにすぐに死んじゃう存在じゃなくて、ずっと支えてくれるような人と一緒にいるべきなのに……」

　そばにいたいというあたしのわがままで、縛りつけてしまっている。

「蓮さんは、いつも優しかった」

　こんなあたしに、なにも聞かずに居場所をくれて、愛をくれた。

　これ以上を望むのは、いけない。

「胸が苦しい……」

　それは、蓮さんともう一緒にいられないって気づいてしまったから。

　蓮さんと離れたくないからだ……。

「……蓮さんが……好きだから……」

あたしも、本当はあの日、蓮さんと出会ったあの夜から
蓮さんに恋をしていたのかもしれない。

　でも……それに気づいた瞬間に悲しみが溢れる。

「……好き……」

　一生分の恋だった。

　でも……この気持ちは殺さなきゃいけない。

　花開いたばかりの"好き"という気持ちを……摘み取ら
なきゃいけない。

　誰よりも好きな人が……。

　誰よりも幸せになるために。

　苦しむのはあたしだけでいい。

　蓮さんに、この苦しみを一緒に背負わせる必要はない。

「蓮さんに、あんな痛みを負わせたくない」

　ママとパパが死んだときの痛み。

　世界が終わったような感覚。

　あれは、絶望だった。

　蓮さんが、あたしを大切に想ってくれているのを知って
いるから、その分、痛みも大きくなるのがわかる。

「ここを、出なきゃ……」

　あたしはそう決めた。

　だけど、泣きつづけるばっかりで、動きだせなかった。

　涙は枯れることなく流れる。

　今あらためて、死にたくないと……そう思った。

　想いは通じ合っているのに、離れなきゃいけないことが、
なお苦しい。

結ばれることは絶対にないんだ。

「さよなら、さよなら、蓮さんっ……」

恋を知らなければ、もっと死を受け入れられた。

あなたを、蓮さんを知らなければ……。

あたしは泣きながら、ようやく立ちあがった。

蓮さんがいない、今がいい。

蓮さんと会ったら、あたしはまた迷って、甘えてしまうから。

【蓮side】

「……よお」

「あら、蓮じゃない。なにかあったのかしら?」

今日は博美さんにどうしても伝えなければいけないことがあって病院へ来ていた。

「……時間あるか?」

「あるわよ。それで?」

博美さんは俺にコーヒーを出してからイスに腰かけた。

「……夢月に言った」

コーヒーにも手をつけず、立ったまま博美さんに伝えた。

「……そう……。言ったのね。夢月ちゃんはなんて?」

博美さんは、俺が夢月に気持ちを伝えたのだとすぐに理解した。

俺のことをずっと気にかけてくれていた博美さん。

ちゃんと俺の気持ちを伝えるのが筋だと思ったからだ。

「……俺を、好きだって言った」

「そう……その割には、うれしそうじゃないわね」

　博美さんの言葉に、俺は黙りこむ。

　夢月は俺を好きだと言ったが、なんでか、その顔は悲しげだったのを覚えている。

　アイツの抱えているもの全部を俺は知らない。

　体調がどんどん悪くなっている気がするし、家を出た理由もはっきりとはわからない。

　なにかを抱えているんだろうってくらいしか、俺はアイツのことを知らないんだ。

「前にも言ったけど、あの子を変えることができるのは、あなたしかもういないのよ」

「俺は、その言葉の意味がまだわからない。アイツを守ってやりたいのに、俺は……」

　俺は、アイツになにもしてやれてない。

　それが、こんなに苦しいなんて……。

　それを聞いた博美さんは、笑顔を浮かべた。

「まさか蓮が……誰かをそんなに好きになる日が来るなんてね。うふふっ……お姉ちゃん、うれしいわ」

「……誰がお姉ちゃんだ。もう27だろうが。それに、姉弟じゃないだろ。いつまで続くんだ……その設定は」

　俺が暴走族に入るきっかけは、博美さんがいたからだ。

　尊敬はしてる。

　博美さんは暴走族界でも、名の知れた総長だったからな。

　出会ったときから俺を弟のように面倒を見てくれてい

た。

「蓮、もしあなたがあの子のそばにいると決めたなら、早く行ってあげて。きっとあの子……あなたの前から消えるわよ」

「……消える……？」

「あの子から目を離しちゃダメ。あの子は脆すぎる……」

「どういう意味だ？」

博美さんは「早く行け」と言わんばかりに、シッシと手を振る。

これは、話すつもりはないってことだな。

俺は仕方なく、追い出されるように医院を出た。

【夢月side】

──ガチャ。

「……さよなら……」

お世話になった家と、今ここにはいない蓮さんに頭をさげる。

本当に、本当に温かかった場所。

きっと、あたしにとっても蓮さんにとっても、これが一番いい選択なんだ。

でも、もう一生会えない。

そう思うと、どうしようもなく胸が痛む。

このままひとりで最後のときを迎えよう。

もう、誰も好きにならないように。

傷が、失ったときの痛みが、増えないように……。

それがあたしの選んだ答えだった。

「これからどうしようかな……」

蓮さんの家を出て、あたしは途方に暮れた。

行く当てもない、帰る家もない……。

ひたすらに歩いてたどり着いたのは、いつか蓮さんが連れてきてくれた公園だった。

「もうまっ暗だ……。そうだ、あのときは、蓮さんと一番星の話をしたんだよね」

なんて、さっきからひとりでしゃべっちゃってる。

だって、いつもなら、隣に蓮さんが……。

「ダメだ、すぐに蓮さんのこと、考えて……」

ジワリと涙がにじむ。

今日は星も見えない。

なんだかジメジメする。

もうすぐ雨が降るんだろう。

「……パパ……ママ……。人は、死んだら本当に星になるの？」

分厚い雲が空を覆っている。

月さえも見えない。

「……星になったなら……。あたしのこと、ちゃんと照らしててよ……ちゃんと……見ててよ……」

あたしを……ひとりにしないでよ……。

行き先をなくしたあたしは、進むべき道がわからない。

照らしてくれる光もない。

どうしたらいいのか、どうしたいのか……わからない。

途方に暮れて、空を仰いだ。

——ポタッ。

「……あっ……」

——ポタッ、ポタッ……。

顔に冷たい雫が落ちてくる。

……雨だ。

それでも気にせず、ただ雨に打たれた。

——ザーッ。

しだいに雨は本降りになった。

涙が出てきた。

それは雨と一緒に流れていく。

この雨は……あたしの涙なのかもしれない。

「……夢……月……？」

しゃがみこんでいると、ふと、うしろから名前を呼ばれた。

まさか、蓮さんっ!?

バッと顔をあげると、そこには……。

「……喜一……お兄ちゃん？」

そこには傘を差した喜一お兄ちゃんがいた。

目の下にはクマがあって、少し痩せた気がする。

ガバッ!!

「……っ……夢月っ!!」

そのまま駆けよってきた喜一お兄ちゃんに、気づいたら

抱きしめられていた。

　傘が弧を描いて空中を舞う。

　雨に濡れたあたしの冷たい体が、喜一お兄ちゃんの体温
で温まっていく。

「捜したんだぞ!?　ずっと……夢月を捜してたんだぞ!!」

　今にも泣きそうな声が聞こえる。

　喜一お兄ちゃんは、さらに強く抱きしめてきた。

「……喜一お兄ちゃん……」

　それっきり、なにも言えなかった。

　あたしになにが言える?

　……言えることなんか、なにもないんだ。

「……帰ろう」

　喜一お兄ちゃんがあたしの手を引いた。

　でも、あたしはそこに踏みとどまる。

「……夢月……どうして!!」

　喜一お兄ちゃんは、泣きそうな顔であたしを見つめてい
る。

　あたしはただ、首を横に振った。

「帰らないよ……」

「……ダメだ、やっと見つけたんだ、連れて帰る!!」

　喜一お兄ちゃんはあたしの肩に手をのせる。

「それとも……帰りたくない理由があるのか?」

　そうじゃない、とまた首を横に振る。

　あたしは豊さんと喜一お兄ちゃん、ふたりのことも大切
だから……。

「じゃあなんで……」

「……これ以上……生きたい理由を作りたくないからっ!!」

喜一お兄ちゃんの手を振り払う。

これ以上、誰かのそばにいたら……生きていたいと思ってしまう。

自分の選んだ道を後悔してしまう。

「……でも、夢月!! 今からでも遅くない。治療すれば、生きられるかもしれない!!」

その言葉に、あたしは首を横に振った。

「……ベッドの中で、チューブに繋がれて……。自分の意思も持たない、自由に行動もできなくなる……それで生きてるって言える!?」

気づいたらそう叫んでいた。

たとえ余命が延びても、ずっと寝たっきりで……それで本当に生きてるって言える?

あたしはそうは思わない。

あたしは……あんな場所に閉じこめられたくない。

「……あたし……治療はしない。白血病だって……余命が３ヶ月だって言われたあの瞬間から、あたしの答えは変わらないよ!!」

泣き叫ぶように、思いをぶつけた。

そんなあたしを、喜一お兄ちゃんは悲しそうに見つめる。

「……それ……どういうことだ?」

今度はあたしのうしろから声が聞こえた。

喜一お兄ちゃんじゃない……。

この声は……。

あわてて振り返ると……。

「……蓮さ……ん……？」

頭がまっ白になる。

ずぶ濡れになった蓮さんがそこに立っていた。

「どうしてここに……」

「博美さんが、お前をひとりにしたら、突然消えるかもしれないって言ってたんだ。それで急いで家に帰ったら、お前が部屋からいなくなってるし……」

博美さん……あたしの気持ちに気づいて……？

「そんなのはどうでもいい……今の話はなんだ？」

蓮さんは今までに見せたことがないくらい怖い顔で、あたしを見ている。

ガシッ!!

「答えろ!!」

あたしの肩を思いっきりつかんで怒鳴った。

「……あっ……」

言葉が見つからない。

どうしたらいいのかわからない。

それくらいあたしの頭はまっ白だった。

どうして蓮さん……あたしのこと追いかけてきちゃうの。

知られないように、がんばって隠してきたのに。

「……夢月になにするんだ!!」

喜一お兄ちゃんは、蓮さんの腕をつかんだ。

Chapter 3 >> 195

「……俺は夢月と話してる。……邪魔するな」

「無理だ。あんたが夢月に危害を加えてるからな」

　蓮さんと喜一お兄ちゃんがにらみ合っている。

　こうなったのもあたしのせいだ。

　蓮さん……なにも言わずに出ていってごめんね……。

　捜してくれてたんだよね……？

「……ごめんねっ……ごめっ……うぅっ……」

「夢月っ……」

　泣きそうな顔であたしを見つめる蓮さんの顔がぼやける。

　それは涙のせいだけじゃなくて、なんだか頭がボーッとして……。

　──ドサッ!!

　気づいたら体が動かなかった。

　指ひとつ動かせない。

　体が重い……。

「夢月っ!!　しっかりしろ!」

　喜一お兄ちゃんが、あたしを抱きかかえる。

「……っ……くそっ……!!　救急車呼んでくれ!」

　喜一お兄ちゃんは蓮さんに向かって叫ぶ。

「救急車なんか待ってたら時間がかかりすぎる!!　俺が抱えて連れていく!」

　蓮さんはあたしを背負った。

「……病院まで案内する。夢月が通ってる病院はここから近いんだ」

喜一お兄ちゃんはそう言って、蓮さんに背負われている
あたしにコートをかけた。
　喜一お兄ちゃん……。
　ごめんね、迷惑ばっかりかけて……。
「……頼む……夢月……死ぬな!!」
　蓮さんの悲痛な声が聞こえた。
　蓮さん……悲しませてごめんね……。
　それを最後に、意識が途絶えた。

Chapter 4

星たちのゆくえ

【夢月side】

　あたしは……夢を見ている。

　ママとパパの夢を見るときと同じ、プラネタリウムのような星に囲まれた世界。

　でも今日は、いつもみたいにママとパパの声が聞こえない。

「……近づいてくる……」

　星が近づいてくる。

　最初はあんなに遠かったのに……。

　ボーッと星空を見あげる。

　そのとき、キラッと流れ星が流れた。

「……流れ星……」

　たしか、流れ星が消えるまでにお願いごとを３回言うと、叶うんだっけ……。

「もし願いが叶うなら……」

　あたしはなにを願う？

　叶えたい願いって、なんだろう……？

　今までは、ただママとパパのところへ行きたくて、早く終わりが来るのを待ってた。

　だけど、今は？

　蓮さんのそばにいたい。

　そばにいるために、あたしはなにをしたらいいの。

Chapter 4 >> 199

『夢月……』

　蓮さんの泣きそうな顔が、忘れられない。

　それが、あたしのせいだってわかっているから、あたしは、蓮さんのそばにいたらいけない。

　なにを選んでも、蓮さんを傷つけてしまうような気がして、あたしは途方に暮れた。

「……んっ……」

　重いまぶたを無理やり動かして目を開ける。

　見慣れない天井、まっ白な空間。

　あたし……どうしたんだっけ。

　喜一お兄ちゃんに会って……蓮さんに会って……。

「……蓮さん……」

　そうだ、蓮さんにバレちゃったんだ。

　病気のこととか、余命のこととか……。

　もう、終わりだ。

　全部、知られちゃったんだから。

　ちがうか。

　杉沢家を出たときに、もう、なにもかも捨ててきたはずだった。

　なのに、あたしはまだ、すべてを捨てきれていない。

　……蓮さんと出会ってしまったから。

　この命も、恋も、なにもかもが大切なものに思えてしまって、手放せずにいる。

「……夢月……」

「っ!!」

　視界に蓮さんの顔が入った。

　どうして……!?

　もう会わない……そう決めたのに……。

　もう一度会ったら、あたしはもう……。

「……そばにいるから安心しろ」

　蓮さんは頭をなでてくれる。

　安心させるように何度も何度も。

「……お前の病気のことは……あらためて、お前の兄貴から聞いた」

「っ……!!」

　蓮さん、どう思っただろう。

　本当は、あたしからちゃんと話さなきゃいけなかったはずなのに。

　あんな形で伝えることになるなんて……。

　ずっと蓮さんに隠してきた。

　蓮さんを……傷つけてしまったはずだ。

「黙っててごめんね。……あたし……」

　それから続ける言葉が見つからない。

　なにを言ったらいいのか……なにを言いたいのかがわからない。

「話さない、つもりだったのか……?」

「……あっ……」

　蓮さんは悲しんでいるような、怒っているような……いろんな感情が入りまじった瞳であたしを見ていた。

「……お前は俺から離れていくのか……？」

「それは……」

あたしは蓮さんが好き。

でも、その気持ちに素直に従うなんてことはできない。

「……蓮さん……。蓮さんにはあたしなんかといたら、きっと辛い思いを……」

蓮さんがあたしを好きでいてくれているなら……必ず蓮さんを苦しめる。

「……お前が言ったんだろ……。自分の人生は他人が決めていいことじゃないって。俺が望んでるのは……お前のそばにいることだ……」

「それはっ……ダメ!! あたし……死んじゃうんだよ？」

先がないあたしと、先がある蓮さん……。

蓮さんは先がある人と……蓮さんを置いていかない人と一緒に歩んでいった方がいいに決まってる。

その隣を歩くのがあたしじゃないのは悲しい。

それでも、蓮さんが幸せならそれでいい……。

「……お前は俺が好きか？」

「……えっ……」

蓮さんは逃がさないと言わんばかりに、あたしの頬を両手で包みこむ。

「あたしは……」

好きなんて、軽々しく言えない。

残される痛みを、残していくことの責任を、誰よりも知っているから……。

パパとママのときに、痛いほど味わった。

「蓮さん、あたしは……死ぬんだよ。蓮さんは、もう二度と会えない人を想って、ずっと苦しむ……」

「っ……死ぬ、なんて……」

「さよならした方が、蓮さんのため……だから、もうここには来ちゃダメだよ、蓮さん」

　あたしは、呆然と立ちつくす蓮さんに、泣きそうになるのをこらえて、笑みを向けた。

「今までありがとう、蓮さん」

　大好きだよ、今も泣きたくなるくらいに。

　その手をつかんで、すがりつきたいほどに。

　もっと生きたいって、叶わない幻想を抱いてしまうくらいに……。

「夢月……っ」

「部外者は、帰ってくれ」

　そう言って喜一お兄ちゃんは、蓮さんを追い出すように背中を押して、一緒に病室を出ていく。

「俺は……」

　蓮さんはうつむいたまま、外へと出ていった。

　そして、誰もいなくなった病室に、あたしひとりが残される。

　ポタリ。

　はじめの一滴が頬を伝って、白いシーツに灰色の染みを作る。

　ポタッ、ポタッ。

「っ……」

　そして、とめどなく次から次へと溢れる涙と、せりあがる嗚咽。

「蓮、さんっ……」

　ギュウッと両手を握りしめて、孤独と悲しみに耐えるように体に力が入った。

　あたしを、見つけてくれてありがとう……。

　少しの間だったけど、蓮さんの隣にいることが、当たり前になってたよ。

　本当に……泣きたくなるくらいに、幸せだった。

　あたしじゃない誰かと幸せになる蓮さんを想像するのは、やっぱり辛い。

　だけど、本当に本当に、蓮さんが大好きだから……。

　あたしと似て、孤独だった蓮さん。

　これから、たくさんの困難に立ち向かわなきゃいけない蓮さんの心を、これ以上、傷つけたくない。

　だからこの想いも痛みも、そっと胸の奥にしまって、気づかないフリをしよう。

　もうじき私は、この世界から消えるのだから……。

　さよなら、蓮さん。

【蓮side】

　病室を追い出されるように出たあと、どうやって家まで帰ってきたのか、記憶がない。

頭の中を支配するのは、病室での会話だ。

『蓮さん、あたしは……死ぬんだよ。蓮さんは、もう二度と会えない人を想って、ずっと苦しむ……』

『っ……死ぬ、なんて……』

『さよならした方が、蓮さんのため……だから、もうここには来ちゃダメだよ、蓮さん』

　泣きそうなのに、笑みを浮かべる夢月に、胸が締めつけられた。

『今までありがとう、蓮さん』

　それは、たしかな別れの言葉だった。

「やっと、想いが通じ合ったんだぞ……」

　この世界で、誰よりも大切な人に、心休まる存在に出会えた。

　なのに、夢月がもうじき死ぬ……？

　そんなの、俺にどうしろっていうんだよ!!

「博美さんは、知ってたんだな……」

　そばにいる覚悟……博美さんが言っていた言葉の意味がやっとわかった。

　時折見せる、夢月の悲しげな顔の理由とか、先がないみたいな言葉のわけも。

「こんなにそばにいたのに、どうして気づいてやれなかった!!」

　ドンッと壁に拳を打ちつける。

　そして、ズルズルと力なく床に崩れ落ちた。

「夢月……っ!!」

先にいなくなるなんて、想像もしてなかった。

どんな思いで家出して、星を見あげていたのかも……。

もう、悲しいのか、そばにいたのになにもできなかった自分に怒っているのか、わからなくなっていた。

ふと、家の中を見渡すと、じゅうたんにタバコの焼け痕が残っているのが見えた。

『えっ……あっ……あぁっ!! じゅ、じゅうたんが!! や、焼け……焼けっ……み、水〜っ!』

夢月が家に来た日、俺がくわえてたタバコを落としたときの痕だ。

『じゅ、じゅうたん火事が起こるところだったぁ……』

あのときの夢月のあわてふためいているところは、可愛いかった。

『待って! 蓮さーん!』

俺を追いかけて、甘えるように背中にギュッと抱きつくところも……。

『ふふっ、蓮さん、夜はなにが食べたい!?』

『……カレー』

『了解しました!』

生活の一部に夢月がいて、ずっと一緒に生きていくんだって、信じて疑わなかった。

『……好きだ……夢月……』

夕日に照らされた海で、生まれてはじめて、心から好きになった女に告白をした。

『あたしも……好き……』

そう言ってくれたけど、その瞳には迷いを感じた。

　でも夢月は、そういう大事なことを言うときに、嘘をついたりしない。

　だから、迷ってるとしたら、誰かのために素直に気持ちを認められないのだと、すぐにわかった。

　あのときの俺は……夢月がなにかを抱えていることに気づいていた。

「でも、ひとりじゃないから、夢月もあきらめるなって俺、言ったんだろ……」

　そこで泣きだした夢月の涙のわけが、今やっとわかった。

　アイツ、さびしかったんだよな……。

　さっきも、さよならって言いながら、本当は誰かにすがりつきたくて、たまらなかったはずだ。

「本当は甘えたいくせに、強がってんだ」

　病気の夢月の悲しみの方が、今俺が感じてるより、何倍も大きいはず。

　本当に辛いのは、夢月なのに……。

「俺は、なにを怖がってる」

　夢月を失うことか？

　また、孤独になることか？

　……ちがう。

　どんなに考えたって、夢月以外なんて、考えられない。

　俺の目の届かないところで夢月がいなくなることの方が、ずっと怖いだろ。

　自分のことよりも、俺の幸せを願って離れた夢月に、俺

はなにをした？
「ただ、逃げただけじゃねーか……」
　情けなくて、弱い自分に腹が立つ。
　ゆっくりと立ちあがり、今閉めた扉のカギをまた開けた。
　そして、ヘルメットを持って、家を飛びだす。
　ちゃんと、夢月に向き合う。
　そんで、もう一度アイツに伝えたい。
　俺が、どれだけ夢月を好きで、どれだけの覚悟でそばに
いるのかを。

【夢月side】
　先ほどまで雨が降っていたのに、いつの間にか晴れていた。
　雲間からちらほらと茜色の日差しが差しこんでいるの
が、病室の窓から見えた。
「夢月ちゃん、今日は泊まっていくよ」
　時刻は４時。
　面会時間が終わるのに、豊さんと喜一お兄ちゃんはここ
から動こうとしない。
「ううん、大丈夫です。豊さんは明日仕事だし、喜一お兄
ちゃんも学校でしょ？」
「こんなときくらい、学校なんて休……」
「喜一お兄ちゃん、大丈夫だから。だから……今はひとり
にしてほしいんです……」

あたしを心配してくれるふたりを気遣いたいのに、それ
ができない。
　今にも、この悲しさに当たり散らしてしまいそうだった。
「夢月ちゃん……」
「豊さん、ごめんなさい。お世話になってるのに……」
「いいや、不甲斐ないのは俺だよ。夢月ちゃんが家を飛び
だすくらいに苦しんでたことに、気づいてあげられなかっ
た……」
　うつむく豊さんに、あたしは泣きたくなった。
　だから、あたしはこの温かい場所から逃げたんだ。
　あたしのせいで、大好きな豊さんや喜一お兄ちゃんを傷
つけたくなかったから……。
「今日は、帰るよ」
「父さん!!」
　豊さんに喜一お兄ちゃんが抗議の声をあげる。
「また明日来るから」
「はい……」
　豊さんはたぶん、あたしを気遣って帰ると言ってくれた
んだ。
「夢月……」
　心配そうに何度も振り返りながら、喜一お兄ちゃんは豊
さんについて病室を出ていった。
　ひとりになって、震える体をギュッと自分で抱きしめた。
　蓮さん……。
　もう、あたしのことを強く抱きしめてくれる人も、夜寄

りそって眠ってくれる人もいない。

　あたしの生活には、いつの間にか蓮さんがいることが当たり前になってたんだ。

　今さら、ひとりになんてなれるわけない。

　だけど、どんなに悲しくても、苦しくてもね、あたしは蓮さんを縛りつけたくなかったんだよ。

　でも、もし言葉にするだけでも許されるのなら……。

「蓮さん、会いたいなぁ……っ」

　嗚咽が溢れそうになり、唇を噛みしめる。

　その瞬間、ガラガラッと病室のドアが開いた。

　そこに現れた人に、あたしは目を見開く。

「どう……して……」

「夢月、お前を見つけにきた」

　謎の言葉とともにズカズカと歩みよってくるのは、蓮さんだった。

「夢月、俺はお前が好きだ」

「っ……でも、それは……」

　受け入れられない。

　受け入れちゃダメ……。

　蓮さんをずっと苦しめるなんて、絶対に嫌だもん。

「俺は、そばにいられないことが苦しい」

「え……」

「知らないところで、お前を失うのが怖い」

　蓮さんはあたしを見つめて、苦しげにそう言った。

「俺のことを想うなら、そばにいさせてくれ」

「蓮さん……っ」

　やめて、やめてほしい。

　だって、そんなこと言われたら、すがって、甘えてしまう。

「夢月はどうしたい」

「え……？」

「……余計なことは考えるな。お前が思ってることをそのまま言えばいい」

　いつも考えるのは、自分のことじゃなくて、周りがどう思うか、だった。

　両親が亡くなってから、自分の気持ちには蓋をして、知らないフリ、見ないフリをして生きてきた。

「……ずっと他人のことばっかり考えて生きてきたんだ。少しくらいわがまま言ったって、誰もお前を責めない」

　一筋の涙が頬を伝った。

　そうだ……。

　あたしは誰かに気づいてほしかった。

　ずっとひとりで抱えこんできたことを……。

　パパとママが亡くなって、誰に引き取ってもらうのかで親戚中をたらい回しにあったとき……。

　あたしは誰にも愛されてない、望まれてないんだって思った。

　そんなあたしに、豊さんや喜一お兄ちゃんは何度も歩みよってくれたし、大好きだ。

　それでもやっぱり、どこかで一線を引いてしまっていた。

Chapter 4 ❯❯ 211

　親戚中をたらい回しにされたときのことが、ずっとあた
し自身を捕らえている。
　生まれたことを許してほしかった……。
　自分自身を許せなくて……人を、幸せになることを、遠
ざけてきた。
　もし……わがまま言っていいなら……。
　伝えるだけでいいから……。
　叶わなくていいから……。
　それ以上は望まないから……。
　あたしは蓮さんが……。
「……好き……。蓮さんっ……が……ぐすっ……好きだ
よっ……ふぇっ……ううっ……」
　伝えてしまった。
　その瞬間から、涙は止まらず溢れる。
　そのたびに重荷がひとつひとつ、なくなっていくよう
だった。
「……それでいい……俺がそばにいる。夢月が死ぬって誰
が決めた？　俺がお前をこの世界に繋ぎとめててやるか
ら……俺から離れるなっ……」
　蓮さんは泣きそうな顔をしていた。
　いや、もう泣いていたのかもしれない……。
「……あたしで……いいの……？」
「……夢月しかいらない」
　それから、お互いの唇が触れ合う。
　やっと……やっと、本当の意味で通じ合えた……。

蓮さんだけを好きでいられる。

気持ちを……押し殺さないでいられるんだ……。

唇を離し、あたしたちは見つめ合う。

「お前は、すぐに自分がどうしたいかわからなくなって迷子になるからな、俺が見つけてやらないと」

「あぁ……」

私を見つけにきたって、そういうことだったんだ。

私の心の迷いに、気づいてくれたんだ。

「夢月、もう、あきらめたりしないな？」

「え……？」

蓮さんの言葉の真意がわからずに、あたしは困惑したように蓮さんを見あげた。

「治療、受けろ」

「っ!!」

その言葉に、体が固まる。

目を見開いて、蓮さんをただ見つめる。

治療をしても、必ず助かる保証はない。

それに、抗がん剤の副作用で、自由に外へ出ることもできなくなるかもしれない。

「……助からないかもしれないのに、あたしは自由を奪われてまで……」

うつむいて、あたしは握りしめた自分の手を見つめる。

治療はきっと過酷なものになるし、治療をすることで寝たきりになったり、意識もはっきりしなくなったりするかもしれない。

そんな風に苦しんで死ぬくらいなら、最後まで自由に、あたしらしく、蓮さんのそばにいたい。
「俺は、お前と生きていく」
「え……？」
　蓮さんの言葉に、あたしは顔をあげた。
「お前は、俺と生きていくんだろう？」
「あたしは……」
　あたし、蓮さんと生きていく……。
　そばで、ずっと一緒に……。
　いられるの？
　そんな夢みたいなこと、本当に叶うの？
「お前、あのとき一緒に見たウェディングドレス、覚えてるか？」
「え、それって……」
　蓮さんとショッピングモールに出かけたときに、ショーウィンドウに飾られていたウェディングドレス。
　白くて、スカートがふんわりと広がる、プリンセスラインの綺麗なドレスだったな……。
「うん、覚えてるよ……」
　あたしはあれを見て、一生着ることはないだろうなって思ったのを覚えている。
「俺が、お前もこういうの興味あるのかって聞いたとき、お前、こればっかりは無理だって笑ってただろ」
「そう……だったっけ……」
　あたし、そんな風に言ったんだ。

「夢、持ったっていいだろ。叶うか叶わないかじゃねぇ、信じるかどうかだ」

「信じるか……」

「俺との未来を信じろ、想像しろ。そうしたら、もっともっと生きたいって思わないか？」

　蓮さんとの……未来。

　一緒にデートしたり、いつかは結婚して、子供もほしい。

　そして、よぼよぼのおばあちゃんになるまで、蓮さんと一緒に……。

「あたし、ずっとずっと、蓮さんといられるかな……？」

　ポロポロと涙が溢れて、それでも蓮さんを見つめた。

「俺といるんだ、ずっと……」

　蓮さんはあたしを強く抱きしめた。

「先に逝くなんて、絶対に許さねぇ。夢月は、俺とずっと一緒だ」

　あたしがあきらめないかぎり、可能性はあるのかもしれない。

　蓮さんは、あたしと生きていくって言ってくれた。

　それならあたしは、蓮さんのために生きなきゃ。

　この日、あたしは変わらないと思った運命を、変える決意をした。

あなたと歩む軌跡

【夢月side】

そして３日後、体調が落ちついたあたしは、一時帰宅をした。

「おはようっ……蓮！」

「……あぁ……」

いつものように蓮さん……蓮を起こす。

あの日から、あたしは蓮を呼び捨てで呼ぶことになった。

「ふふっ……」

「うれしそうだな、夢月」

蓮は愛しそうにあたしの頭をなでる。

それは、あたしがちゃんと向き合うべきものに向き合えたからだと思う。

あたしは病院を出て、蓮の家に戻ってきた。

もちろん、豊さんや喜一お兄ちゃんには許可を得ている。

喜一お兄ちゃんは納得していないみたいだったけど、豊さんに「夢月ちゃんのやりたいようにさせてあげよう」と説得されて、しぶしぶうなずいてくれた。

これから、あたしは抗がん剤を使った治療が始まる。

抗がん剤投与でよくならなければ、骨髄移植という方法があるらしい。

そこからが長い闘病生活になるらしく、一時的に帰宅が許可されたのだ。

許可がおりたのは３日間。

　本来なら、診断されてからすぐに治療をしなければなら
ないあたしの病気。

　あたしの白血病は再検査をしたら、幸いまだそこまで進
行したものではないらしく、治療で助かる見込みがあるら
しい。

　もちろん、必ず治る保証はないけれど……。

　退院１日目から、あたしは蓮と一緒に倉庫に行ったり、
海へ行ったり……星を見たり、とやりたいことをめいっぱ
いやった。

　一日があっという間に過ぎていく……。

　体はつねに悲鳴をあげているけど、蓮がそばにいてくれ
るから……耐えられた。

　少しでも多く、少しでも長く、蓮とたくさんの思い出を
作りたかった。

「……見て見て!!　いい天気だよ!!」

　──ガラガラガラ。

　寝ぼけている蓮の腕を引っぱって、窓を開けた。

「……そんな薄着で窓を開けるな。これ羽織れ」

　肩に毛布をかけてくれる。

　ふたり寄りそって、晴れわたる空を見あげる。

「……てるてる坊主のおかげかな」

　この３日間は、てるてる坊主を作って、晴れますように
とお願いしている。

「顔がイビツだな」

蓮はおかしそうに笑う。

「え！　こんなに愛嬌があるのに！」

あたしがむくれると、頭をなでられた。

「中、入るぞ」

「はーい」

蓮に手を引かれるまま部屋へと戻った。

もう一度振り返ると、ぶらさげたてるてる坊主が揺れて
いた。

「蓮、醤油ちょうだい？」

「あぁ」

「ありがとう」

　——ジャボジャボジャボ……。

焼いたばかりの鮭に醤油を浸かるくらいにかける。

浸るくらいがおいしいんだよね。

「……夢月……それ貸せ」

あたしから鮭の皿を奪い取ると、自分の鮭の皿に余分な
醤油を移した。

「あぁっ!!　醤油がぁ……」

「……体に悪いだろ。あんまりかけすぎるな。鮭が醤油の
海で泳いじまってるだろ」

ムッとしながらも、自然と頬がゆるむのがわかる。

今までも浸るくらいに醤油をかけていたのに、とくに心
配されることはなかった。

今は、あたしの体を一番に心配してくれる。

　食べ物に関しては、最近うるさいくらいに注意される。

　それでも……蓮があたしの心配をしてくれることに心が満たされている。

　愛されている……そう実感できるから。

　蓮と向かい合って食事をするのは、これで何回目かな。

　できることなら……。

　叶うことなら……。

　こうしてずっと……普通に朝ご飯を一緒に食べて、一緒に笑って……同じベッドで寝て……。

　この普通がずっと続いたらいいのに……。

「夢月……手」

「へへっ……」

　朝食を食べおえて、あたしたちは外出することにした。

　今日はあたしがお願いして、プラネタリウムに行くことになったんだ。

　外へ出ると、蓮はいつもこうしてあたしと手を繋ぐ。

　すぐそばに大好きな人がいる……それがすごくうれしくて、幸せだなって思う。

　恋愛なんて、もうすることはないって思ってた。

　あたしにだって恋愛経験はある。

　彼氏がいたこともあった。

　でも、やっぱりどこか距離を置いて付き合っていた。

　その人と付き合っていたときも、自分のさびしさを埋め

るために、誰かを求めていた。

　でも……蓮はちがう。

　蓮はあたしが壁を感じさせないって言ったけど、あたしはいつも無意識に壁を作ってた。

　そんな壁を壊したのは、蓮なんだよ。

　蓮は、あたしがはじめて自分から愛した人。

　さびしさを埋めるとか、そういうのは関係なく、愛した人。

「……夢月、ぼーっとしてると転ぶぞ」

「はーいっ」

　蓮……。

　あたしの大好きな人。

　ずっと、あなたの隣にいられたらいいのに……。

「蓮と一緒に過ごした時間は、本当にあっという間だったなぁ……」

　あたしは空を見あげながら、しみじみとつぶやいた。

　すると、ビンッ!!と、あたしのおでこに蓮がデコピンをした。

「痛いぃ〜っ!!　蓮のバカァ……」

　バカ力ーっ!!

　痛みが和らぐように何度もおでこをさする。

「…………」

　すると、蓮が無言であたしをにらみつけているのに気づいた。

　ひいっ!　怖いっ!!

「な、なんで怒ってるの？」

　蓮はただあたしをにらみつけている。

　それから、フイッと目をそらした。

　え、なに!?

　どうしたの!?

　無言のまま不機嫌そうな蓮を、あたしはただ見つめる。

「俺はこれからも、お前から離れない……」

　蓮はあたしを強く抱きしめた。

　その腕は震えている。

「いつか終わるみたいな言い方するな……」

「蓮……。ごめんなさい」

　そうか、あたし、また気づかないうちに蓮を不安にさせるようなこと言ってたんだ。

　力いっぱい蓮に抱きつく。

　不安にさせてしまったのは胸が痛いけれど……。

「大好き……ありがとう……」

　素直にうれしかった。

　ずっと蓮と生きていけたら、どんなに幸せだろう……。

　あたしたちはしばらくそうして、互いのぬくもりを感じていた。

「……蓮……あたしね……」

　ぽつりとつぶやくと、蓮は黙ってうなずいてくれた。

「蓮と一緒にいる時間は、こんなに幸せなんだって……どうやって蓮に伝えたらいいか全然わからない……」

Chapter 4 ❯❯ 221

こんなに大切な時間なんだって……。

あなたに会うたび、愛してるって思うんだって……。

伝えきれないよ……。

「蓮、あたし、がんばるね」

「そうか……なら、俺はそんなお前の隣にずっといる」

そう言って笑ってくれる蓮に、あたしは笑った。

どんなに辛くても、痛くても……。

明日が見えなくなったとしても、蓮との未来を信じてる。

あきらめたりしない。

蓮との時間を繋ぐよ。

あたしは……あたしの夢と蓮のために、精いっぱい抗っ
てみせるからね。

駐車場にやってくると、あたしたちは車に乗りこんだ。

そして車で30分、あたしたちはプラネタリウムへやって
きた。

「……お前……こんなのでよかったのか?」

「ここがいいの!!」

目の前に立つドーム状の建物を見あげながら笑顔を浮か
べるあたしを、蓮は不思議そうな顔で見ている。

「プラネタリウム、蓮と来たかったの……」

蓮があたしの好きなところへ連れていってくれると言っ
たので、まっ先にプラネタリウムに行きたいってお願いし
たんだよね。

映画を見たいとか、遊園地に行きたいとか……そういう

のは、いっぱいあるけど……。

　やっぱり、星が見たい。

「夢月、相変わらず、星好きだな」

「キラキラして綺麗だから」

「ガ……」

「ガキって言ったら怒るからね!!」

　蓮、絶対あたしのこと子供だと思った!

　まったく、いつも子供扱いばっかりして!

「むぅ……」

「ほら、ふてくされてねーで入るぞ。風邪引くだろ」

　蓮は、またもやむくれたあたしのほっぺたをつまんで笑
う。

「いひゃい」

「まんじゅうみたいだな」

「むー……」

「ククッ、怒るな」

　でもまぁ……。

　楽しそうな蓮を見たら、そんなこともどうでもよくなっ
てしまった。

　慣れないけど、蓮の腕に抱きついてみる。

「……っ……」

　蓮はびっくりした顔であたしを見ている。

「蓮?」

「…………」

　フニッ!

Chapter 4 ≫ 223

「ふがっ」

　あたしをジッと見つめる蓮を見つめ返すと、無言で鼻を
つままれた。

　蓮の顔は少し赤い。

　寒いからなのか、照れているからなのか……。

　あたしにはわからないけど、こうやって蓮と過ごす時間
は幸せだ。

　足早に歩く蓮と、それを追いかけるあたし。

　蓮の歩くスピードは速いけど、あたしたちの手はしっか
りと繋がれている。

　だから……その手をどちらかが離さないかぎり、あたし
たちは決して離れないのだと思った。

　座席に座り、ふたりでプラネタリウムの星を見あげる。

『ただ今の季節、東の空に見えるのは……』

　解説が、遠くに聞こえる。

　星を見にきたのに、あたしはまったくちがうことを考え
ていた。

　また、蓮とここに来ることはあるのかな。

　治療をして、うまくいかなかったら……。

　あたしは、二度と蓮とここへ来ることはないのかもしれ
ない……。

　そう思ったら、今過ごす時間が、かけがえのないものに思
えた。

『西の空を見てください。あれは、流れ星ですね』

流れ星……。

　解説の声に、あたしは西の空を見る。

　そこには、いくつもの流れ星が流れていた。

　"蓮とずっと一緒にいられますように"

　あたしは両手を合わせて、そう願った。

　すると、その手に蓮が手を重ねる。

「俺たちはずっと一緒だ」

　そう言った蓮の顔は、暗くて見えないけど、きっと笑いかけてくれていたのだと思う。

　あたしが蓮と一緒にいられますようにってお願いしてたの、わかってくれてたんだ……。

　言葉にしなくても、あたしのことをわかってくれる。

　蓮とそれだけ一緒にいる時間が長くて、想いが通じ合ってるってことだよね。

「ありがとう、蓮」

　だから、あたしも笑顔を返した。

　どうか、叶いますように。

　この声が、届きますように。

『続いて見えますのは、オリオン座ですね』

　解説の声に、あたしはポツリとつぶやく。

「……オリオン座、冬の星だね」

「……どれだ？」

　すると、蓮は身を乗りだして探しだす。

「あれだよ。まん中に３つ、星が並んでるやつ」

「あー、あれか」

オリオン座を見つけると、満足したように座りなおす蓮の横顔を盗み見る。

蓮、楽しそう……。

よかった、蓮にも星を好きになってほしいから。

ギュッ。

ふと、手を握られる。

「えいっ」

そのお返しとばかりに、あたしは蓮の肩に頭を預けた。

そして寄りそうように、星空を見あげる。

「夢月、俺たちは何年先でも、こうして寄りそって、星空を見あげられる」

「え……」

あたしの胸の中の不安を見すかされた気がした。

隣に座る蓮の顔を見あげる。

その表情は見えないけれど、自信たっぷりにそう言った蓮の言葉に、本当にまた来年も、何年先でも蓮といられる気がした。

「不思議……。蓮の言葉って、あたしに希望をくれるんだ」

「なら、何度でも言ってやる。俺たちはずっと一緒だ」

そう言ってあたしを見つめる蓮に、笑みをこぼした。

蓮の隣にずっといる。

そしてまた……蓮と、星を見たい。

あたしの、生きたい理由がまた増えたのだった。

プラネタリウムの上映が終わり、あたしたちは外へと出

る。

　暗いところにいたからか、まぶしい太陽の光で目がチカチカした。

「……楽しかったぁ!!」

「よかったな」

　満足げなあたしの頭を、蓮は優しくポン、ポンとなでる。

「今度は蓮の好きなところに行こーね」

　あたしばっかり、好きなところに連れていってもらってるし。

　蓮の好きなところにも行きたい。

「……なら……行くぞ」

「え……?」

　蓮はスタスタとあたしの手を引いて、車に向かう。

　どこか行きたいところでもあったのかな……?

「どこに行くのー?」

「……さあな」

　出たー……。

　蓮の「さあな」は、言うつもりがないという意思表示だ。

　これは、なにも言わずについていくしかないね。

　蓮はあたしを車に乗せて、どこかへと向かいはじめる。

　風のように早く流れる景色を、ボーッと眺める。

　どこへ向かってるんだろう。

　しだいに、ビルなどの高い建物がポツリポツリとなくなっていき、景色が開けた。

　丘のような場所を車であがっていくと、大きなチャペル

が見えてくる。

「蓮、あれって……」

　助手席の窓に手をついて、白亜の美しいチャペルに目を奪われた。

「うちの財閥が所有してる式場だ」

「蓮の家の!?」

「俺が、はじめて自分の力で一から立ちあげた式場」

　蓮が、はじめて立ちあげた……。

　蓮、お父さんの仕事手伝ってるって言ってたもんね。

　あたしと年も変わらないし、若いのに、そんなすごいことをしてたんだ!!

　でもまさか、そんな大切な場所に連れてきてくれるなんて……。

　うれしい気持ちでいっぱいになっていると、車はチャペルの駐車場に停まる。

「夢月、おりろ」

「う、うん!」

　言われたとおり車をおりて、蓮とチャペルへと向かう。

「いらっしゃいませ」

　両側に開く扉から、仕立てのいいスーツに身を包んだ女性が現れ、出迎えてくれた。

「……ドレスを」

「かしこまりました、秋武様」

　スーツの女性は蓮に頭をさげて、その場を立ち去った。

「……蓮……?」

「なんだ」
　聞きたいことはたくさんある。
　まず、なぜここに来たのかだ。
　それから、ドレスって、どういうこと？
「好きなの着てこい。俺も、準備をしてくる」
「えっ、蓮！？」
　そう言って、どこかへ歩いていってしまう蓮を追いかけ
ようとすると、先ほどのスーツの女性が戻ってきた。
「では、こちらへ」
「あ……はい」
　スーツの女性に案内されるままに、別の部屋に移動する。
「こちらからお選びください」
「わっ……いっぱい……ですね」
　女性はいろんなドレスを見せてくれた。
「いろんなものを試着されてはどうでしょう」
「あ……はい！」
　ウェディングドレスを見ながら固まっていたあたしに、
女性は笑いかけた。
　ウェディングドレスなんて、一生着ることはないって
思ってたのに……。
「そちらもお似合いですよ」
「丈が短いのもあるんですねっ！！」
　すごいなぁ……。
　ウエディングドレスってこんなに種類があるんだ。
　こんな風にあたしがドレスを選ぶ日が来るなんて……。

感動で胸がいっぱいになる。

蓮は今頃なにしてるんだろう。

タキシードでも着てたりして……。

「すごく見たい！！」

いつもラフな格好で、かっちりした服は好んでは着ない蓮。

……見てみたいな。

きっと……ううん、絶対カッコいいんだろうなぁ。

それからあたしは何着ものドレスを試着させてもらって、気に入った一着に身を包んだ。

あの日、蓮と見たプリンセスラインの純白のドレス。

まったく一緒ってわけじゃないけど、一番似ているものを選んだ。

蓮とこれからも一緒に歩んでいく、という誓いの意味をこめて……。

そして、ドレスの裾を引きずりながら、あたしは大きな扉の前に立った。

「……ここ……ですか？」

「はい。秋武様がお待ちです」

女性は笑顔でチャペルの扉に手を添えた。

「蓮……が……？」

蓮、なにを考えてるんだろう……。

ドキドキと高鳴る胸を、そっと手で押さえる。

「さぁ、入場です」

その声に促されて、中へと足を踏み入れた。

ピカッ。

「……わっ!!」

チャペルの中へ入ると、ステンドグラスから降りそそぐ光があたしを照らす。

あたしが生きてきた世界とはまるでちがう空間。

目が少し光に慣れると、バージンロードの先に人影が見えた。

逆光でシルエットしか見えない。

「……夢月……」

呼ばれるままバージンロードを歩く。

近づくにつれ、はっきりするシルエット。

その正体は……。

「……れ……ん……」

言葉が出ない。

その人影が蓮ということはわかった。

……蓮はタキシードを着ていた。

黒くて蓮らしいタキシードだ。

やっぱり……すごくカッコいい。

本当にこの人があたしの彼氏なのか、信じられないくらいに。

歩いていた足が歩みを止めた。

あたしの目は……蓮を捉えて離さない。

「……来い、夢月」

そう言って、手を差し出す蓮。

はじめて出会った、あのときのように……。

「俺の花嫁になれ」

　花嫁……になる。

　あたしが決して手に入れることができない幸せのはずだったのに……。

　あなたは、あたしに幸せをくれる……。

「……あたしでいいの……？」

　これからいっぱい、辛い思いをさせる。

　それでも……？

「夢月以外は考えられない」

　それでも……あたしを選んでくれるの……？

「俺と結婚しろ」

　まるで、ステンドグラスに描かれたマリア様に誓うように、蓮はプロポーズしてくれた。

　わぁ……夢みたい……。

　あたしは、止めていた歩みをふたたび進め、蓮の手に自分の手を重ねた。

　そして、向かい合う。

　ステンドグラスのマリア様に祝福されているように、光があたしたちを照らす。

「……夢月……愛してる」

「蓮……あたしも……。あたしもだよっ……ぐすっ……」

　なんて幸せなんだろう。

　こんなに幸せでいいのかなって思うくらいに……。

「あたしもずっと……蓮だけを愛してるよ……」

たとえ、死んでしまったとしても、ずっとあなただけを愛している。

天国でも、地獄だとしても……。

蓮はあたしの左手を持ちあげ、銀色に輝くシルバーリングをあたしに見せた。

「これっ……」

指輪なんて、いつの間に？

涙がハラハラとこぼれ落ちていく。

その涙さえも光に反射して、宝石のように輝いていた。

ゆっくりとリングを薬指にはめられる。

「……夢月……」

蓮はあたしの顔にかけられたヴェールをゆっくりと持ちあげる。

視界がクリアになり、蓮の顔がより鮮明に見えた。

蓮の顔が近づいて、鼻先がぶつかる距離で止まる。

「……愛してる……夢月」

あぁ……あたし、世界一幸せだ……。

一生分の幸せを使いつくしたんじゃないかって思うくらいに幸せだ……。

「愛してる……蓮……」

中央の十字架の下で微笑むマリア像に祝福されて、口づけを交わす。

左手にはめられたふたりのシルバーリングがキラキラと輝く。

これはすべて幸せの証。

祝福の証。
　あなたと出会えたこと……これは運命だったのかもしれ
ないね……。
「これは、予行演習だ」
「え……？」
「なにもかも終わったら、お前と結婚するからな」
　そして、蓮はあたしに約束をくれた。
　絶対に生きて叶えたい、希望をくれたのだ。
　まだ見えない先の未来に、どうか、あたしたちが笑って
いられますように……。
　そう、強く願った。

　蓮との式を終えて、まだ熱に浮かされたような気持ちの
まま、式場を出る。
　空が茜色に染まって、あたしたちの影を伸ばす。
　手を繋いだまま外へと出ると、目の前にスーツ姿の男性
が立っていた。
　そして、あたしたちを見つめると、ツカツカと磨かれた
品のいい革靴で近づいてくる。
「蓮、こんなところでなにをしている」
　どうやら、蓮の知り合いみたい。
　だけど、なんだろう、どこか蓮に似ている気が……。
「親父……」
　蓮のお父さん!?
　でも蓮、「親父みたいになりたくない」って、何度も言っ

てた。

　まさか、こんなところで鉢合わせるなんて……。

　どうしよう、勝手にこんなことして、あたしはいいけど、蓮が怒られちゃうんじゃないかな……。

　ハラハラしながら見守っていると、蓮はお父さんを鋭い眼光でにらみつけた。

「その女性はなんだ？」

「……っ」

　ギロリとにらまれ、あたしはつい肩をすくめてしまう。

「杉沢夢月さん、俺の婚約者だ」

「っ……蓮……」

　婚約者。

　迷わずそう紹介してくれたことが、すごくうれしかった。

「婚約者……失礼ですが、どこかのご令嬢で？」

「えっ、ご令嬢……？」

　品定めするかのように見られ、緊張で体が強ばる。

　そうだ……蓮は財閥の息子だもんね。

　両親もいない、病気のあたしみたいなのが相手じゃ……きっとダメなんだ……。

「夢月は、そういうんじゃない」

「ということは、ただの凡人か」

「あ……あの……っ」

　ガシッと、蓮がお父さんの胸ぐらをつかむ。

「れ、蓮、やめ……っ」

「俺の大事な女を傷つけるようなこと言うな……」

止めようと蓮に手を伸ばすけど、背筋が凍るような、地を這うような声に、あたしは動けなくなる。

　蓮が、ものすごく怒っているのがわかった。

「離せ、この不良息子が」

　そう言って、お父さんは蓮の腕を振り払う。

「女を見る目もないのか。できそこないには心底失望する」

　その一言に、あたしは悲しくなった。

「どうして、親子なのに……」

　思わずポツリとつぶやく。

　すると、お父さんは怪訝そうにあたしに視線を向けた。

「蓮は、あたしが病気だとわかっても、そばにいてくれました。病気も含めて、あたしを好きになってくれた……」

　そんな勇気を、人は簡単に持てない。

　誰だって、孤独になるのは怖い。

　失うのが怖いはずなんだ。

「あたしにとって、蓮は生きる希望です。それに、族のみんなにも慕われてて、蓮はたくさんの人から必要とされてます」

「なにが言いたい」

「蓮は、できそこないなんかじゃないです」

　迷いなく、まっすぐにお父さんの瞳を見つめてそう言った。

　すると、蓮があたしの肩を引きよせる。

「ありがとな、夢月」

「ううん、あたしは本当のことを言っただけだよ」

笑みを浮かべる蓮に、あたしも笑みを返した。

「ふん、だとして、病気持ちの君と蓮を結婚させるわけにはいかない。蓮は、秋武財閥を背負う、未来ある存在なのだよ。君には、その未来がない」

「っ……」

　あたしは返す言葉が見つからなかった。

　たしかに今のあたしには、未来なんて不透明なモノを約束できる保証はない。

　現実を突きつけられて、とたんに胸がズキズキと痛みだす。

　すると、あたしを抱きよせる蓮の腕に力が入った。

「未来がないなんて、どうして言いきれる？　俺は、いつだって夢月との未来を信じて生きてんだよ」

「蓮、お前は俺に意見する気か？」

「親父の言いなりにはならない。俺の人生は俺だけのモノだ。そして、誰と生きるかは、俺自身が決める」

　そう言って、蓮があたしを見つめた。

　蓮……。

　今まで、ずっとお父さんの言いなりになってたって話してくれてた。

　今やっと……自分の意志を伝えられたんだね。

　そうだよ、蓮は強い人だもん。

　ありがとう、蓮……。

　その眼差しに、胸が軽くなる。

「行くぞ、夢月」

Chapter 4 ≫ 237

「え、でも……」

　あたしの手を引き、ズンズンと迷わず歩きだす蓮。

　あたしは、お父さんが気になって振り返る。

　すると、お父さんはただ無表情であたしたちを見つめていた。

　蓮とお父さん、血が繋がっているのに、どうしてこんなにもわかり合えないんだろう。

　それに、あたしと蓮のことは、認めてもらうのは難しそうだ。

　また気持ちが沈みかけると、「夢月」と蓮に名前を呼ばれる。

　いつの間にかうつむいていた顔をあげると、こちらを振り返る蓮と目が合った。

「悪かった……嫌な思いをさせて。俺の大事な女は、夢月だけだ。忘れたか？　俺の永遠の愛は、夢月に捧げたろ」

　蓮はそう言って、指輪を見るように促す。

　あらためて見てみると……。

「っ!!」

　リングの内側に刻まれた、"eternal heart"の文字。

　ふたりが望んだ未来、ふたりが望む結末……。

　意味は……"永遠の愛"。

　それは、指輪に刻まれ、蓮と神様の前で誓った永遠。

　その言葉にあたしは涙をこぼす。

「ありがとう、蓮。あたしの永遠の愛も、蓮のモノだよ」

　この命が消えても、あたしの愛は消えない。

この想いは、永遠に残るから……。

　大好き……。

　それから……愛してる。

　茜色に染まる空に、一番星がきらめいた。

　それは、あたしたちを祝福するようで、あたしはまた笑みを浮かべるのだった。

手紙

【夢月side】

本格的に寒くなってきた12月。

ついに抗がん剤治療をするため、あたしは早瀬病院へと入院することになった。

大きい病院で設備も整っているし、なにより博美さんになら、安心して体を預けられる、そう思ったからだ。

「っ……」

吐き気が強くて、あたしは口もとを押さえる。

始まった抗がん剤治療は、想像よりもはるかに過酷だった。

3日間はイダマイシン、7日間はキロサイドと、2種類の抗がん剤で治療をするのだと主治医になってくれた博美さんが教えてくれた。

そして3日後、採血検査をすると、白血球の数が減って、ウイルスや細菌に感染しやすいからと、無菌室という部屋に移された。

ゴーッと、空気を綺麗にする装置の音だけが部屋に鳴りひびく。

「……怖い、なぁ……」

わざと明るくそう言った。

そうでもしないと、不安で押しつぶされそうだから。

感染を防ぐために、できるかぎり面会は謝絶されてし

まい、ひとりの時間が長かった。

　不安で眠れない夜を何度も過ごして、何度目かの抗が
ん剤治療が一度終わった。
「夢月ちゃん、治療がうまくいっているか見るのに、骨
髄を採取するわね。痛いとは思うけれど、一緒にがんば
りましょう」
「はい……」
　博美さんに励まされると、あたしはぐっと歯をくいし
ばって、痛みに耐えた。
「うぅっ!!」
　ドリルで腰を削られているような感覚、ものすごい痛
みに息ができない。
　重なる治療と検査に、あたしはどんどん気力を失って
いった。

「夢月ちゃん、今日は雪が降りそうよ」
　そう言ってあたしを診察する博美さん。
　12月中旬、免疫力が回復したあたしは、一時、無菌室
を出ることができた。
　博美さんに言われて窓の外へと視線を向けると、分厚
い雲が空を覆っていた。
「……本当だ……」
　窓の外を見つめても、葉もつけていない寒そうな木が見
えるだけ。

起きあがろうとしたけど、体が思うように動かなかった。

「……体はもう……ボロボロみたい」

いつかこうなることはわかっていた。

こうして体が悲鳴をあげているのが証拠だ。

面会に来ていた豊さんと喜一お兄ちゃんが、ベッドサイドに立って心配そうにあたしを見つめている。

「……夢月、体の具合は……大丈夫……なわけないよな」

喜一お兄ちゃんが、優しくあたしの頭をなでる。

ひどくやつれた顔。

たくさん辛い思いをさせてるんだ……。

喜一お兄ちゃんにも、豊さんにも、そして……蓮にも。

あたし、死ぬのかな……。

こんなに体がだるくなるものなの?

こんなに、苦しいものなの……?

こんな状態で、本当によくなってるのかな?

「大丈夫だ……。夢月は大丈夫……」

喜一お兄ちゃんは自分に言い聞かせるように、何度も何度も言う。

「……喜一……お兄……ちゃん」

しゃべるのも辛い。

頭は痛いし、吐き気もする。

こんな状態が続く中、ずっと考えていたことがあった。

蓮はまだ仕事に行ってる時間だし、今は好都合だ。

もしもなんて、蓮に怒られそうだけど、そのもしものときのために蓮になにか残したい……そう思っていた。

「喜一……お兄ちゃん……。お願い……ある……の……」

　あたしは頭の上の棚に目を向けた。

「ああ!!　なんだ、どうすればいい!?」

「手紙……書きたい……から、そこから……」

　無菌室を出ている今……今しか書けない。

「今は、そんなことしてる場合じゃっ!!」

「今っ……だからだよ!」

　あたしの必死な様子に、喜一お兄ちゃんはうなずいた。

「まさか、蓮に?」

　朝の回診に来たのか、病室に入ってきた博美さんが尋ねる。

　あたしはうなずいた。

「あきらめた……わけじゃないの。ただ、もしものときに、蓮になにも残せないのが、嫌だから……」

　そう言うと、博美さんはあたしの頭をなでた。

「そうね、やれることはやっておくのもいいかもしれないわ。絶対なんて、この世にはないものね」

「先生!!」

　その言葉に、喜一お兄ちゃんは声を荒らげた。

「ごめんなさい、ただ……。後悔はしてほしくないのよ」

　悲しげに笑い、病室を出る博美さんの背中を見送る。

「絶対がないだって?　医者がそれを言うのかよ!!」

「喜一お兄ちゃん……」

　悲しげにうつむく喜一お兄ちゃんに、それまで黙っていた豊さんが、口を開いた。

「お医者さんだから、なおさら命の尊さを、知ってるんじゃ
ないのかな」
「父さん……」
　喜一お兄ちゃんは、悲しげにうつむく。
　豊さんは、その肩に手を置いた。
「俺も、夢月には後悔しない生き方をしてほしいと思って
るよ」
「豊……さん……」
　そうだ、博美さんと豊さんの言うとおりだ。
　後悔しないように、できることはしておきたい。
「……悪かった、取り乱して」
　そう言って、喜一お兄ちゃんは、あたしに便箋と封筒を
手渡してくれる。
　それを手に、あたしは笑顔を向けた。
「喜一お兄ちゃん、いつもあたしを心配してくれて、あり
がとう……」
「夢月……」
「心配ばっかりかけてるのに、いつでも優しくしてくれる。
そんな喜一お兄ちゃんの妹で、よかった……」
　その言葉に、喜一お兄ちゃんは泣いた。
「俺も、夢月が妹で、よかったよ……。っ、なんか飲み物
買ってくる」
　そう言って、病室を飛びだした。
「喜一は泣き虫だからな。俺も、売店でなにか買ってくる
よ。ゆっくり、向き合ったらいい」

豊さんは、あたしに気を遣ってくれたのだと思った。

　それに甘えて、あたしはうなずく。

「豊さん、ありがとう」

　そう言って笑顔を向けると、豊さんはうれしそうに笑う。

「夢月ちゃんは、やっと心から笑えるようになったんだね」

「え……？」

　その言葉に、あたしは驚きで目を見開く。

「きっと、夢月ちゃんを変えてくれた人が、いたんだね」

　豊さんの言葉に、あたしは笑った。

「うん、あたしの人生を変えてくれた人は、蓮なんだ」

　そう言うと、豊さんはうなずく。

「夢月ちゃんは、幸せにならなきゃ。ママやパパの分も、その人のためにもね」

　そう言って病室を出ていく豊さんの背中を見送る。

　ママやパパ、蓮のために……。

　その言葉に、あたしの命は、あたしだけのものじゃないんだと思った。

　あたしは、大切な人たちのために、幸せにならなきゃ。

　……そうだよね。

　少しだけ前向きになった気持ちで、あたしは机に向かった。

　まずは、なにを書こうか。

　便箋に向かいながら、蓮との思い出をひとつひとつ思い出す。

「蓮と星を見たり、買い物をしたり……本当に幸せな時間

だった……」

　たとえ、あたしの一生が短いモノだったとしても、その短い中で、あたしはたくさんたくさん幸せになれた。

　長い一生をただ、だらだらと生きるより、ずっと幸せな生き方だったと思う。

　この病気がなければ、蓮には出会えなかった。

　この病気もあたしの一部だから……。

　あたしは後悔なんてしてないし、悲しい一生だったなんて思ってないんだよ。

　それを蓮にもわかってほしい。

　蓮のおかげで、あたしはすごく幸せだったんだってこと。

「大好き……だよ……」

　最後の文章を書きおえて、あたしは机にペンを置く。

　──ポタリ。

　その手紙の上に、涙のシミが浮かびあがった。

「……大好きすぎて……こんなに苦しい……」

　離れたくない……ずっとそばにいたい。

　やっぱり……死にたくない……。

　もっともっと、蓮と一緒に、今よりもたくさん思い出を作りたい。

　蓮とこれから先も生きていきたい!!

「もっと……もっと生きていたいよっ……うぅっ……」

　嗚咽が止まらない。

　ずっと一緒にいたから……。

　蓮はあたしの一部になっていた。

今さら離れるなんて……考えられないよ……。

「こんなに好きなのにっ……」

　誰もいない病室で、あたしは泣いた。

　もうひとりで辛い気持ちを隠すのは限界だった。

「あたしっ……今は生きたい……！！　蓮と一緒に……ずっとっ……！！」

　結婚式を挙げて、子供が生まれて、一緒にご飯を食べて、たくさん思い出を作って……。

　ただ蓮と、そんな普通のことをしたいだけ。

　望んだだけ……。

　なんで……あたしにはそれすら許されないの？

　どうか神様、あたしの命を奪わないで。

　お願い……。

「ごめんね、蓮……それから……あたしを愛してくれて、ありがとう……」

　弱気になってしまってごめんなさい。

　でも、やっぱり苦しい、怖い。

　手紙の入った封筒をあたしは優しく抱きしめた。

　蓮への精いっぱいの想いが詰まったこの手紙が彼に届くとき、あたしは蓮の隣にいられるのだろうか。

　次の日、蓮は病室に来て、あたしのために撮影した星空をビデオカメラで見せてくれた。

　蓮、あたしが星を好きなのを知ってて、わざわざ撮ってきてくれたんだ。

寒かったはずなのに……ありがとう、すごくうれしいよ。

「……蓮……手……震えてる。寒かっ……の……？」

「……まだ冬だからな」

　今日、あたしは酸素マスクをつけることになった。

　なんだか、呼吸が苦しいのだ。

「星……もう一度……たいな……」

「……見にいくぞ。体調がよくなったらすぐに」

　あたしの背中をさすりながら、蓮は言った。

「うん……。ありがとう……」

　あたしも……蓮と一緒に星を見たい。

　ずっと……これからも……。

　それからふたりで何度もビデオを繰り返し見た。

　オリオン座、こいぬ座、おおいぬ座……冬の大三角形も映っていた。

　それを見つけられてうれしくなる。

　いつの間にかあたしは笑顔になっている。

　蓮がそばにいるだけで、辛い気持ちも軽くなる。

　話したりビデオを見たりしているうちに、窓の外はすっかりまっ暗になっていた。

「……そろそろ風呂行ってくる」

「うん……行ってら……い」

　蓮はコートを着てから、あたしの左手を握った。

　ふたりのシルバーリングがぶつかり合う音がする。

「……すぐ帰る」

　今日、蓮は病院に泊まってくれると言っていた。

早く戻ってきてね、蓮……。

離れることがすごく怖い。

二度と会えなくなったらって……不安になる。

蓮は安心させるようにあたしの手を握った。

そして、ゆっくりと離すと、ドアノブに手をかけた。

そんな蓮の背中を見て、心細くなる。

「……蓮っ……」

気づいたら名前を呼んでいた。

なんだか、ものすごく不安なんだ。

蓮は振り向いて、驚いたようにあたしを見つめている。

すごく必死な顔をしていたのかもしれない。

行かないで……そう願ってしまった。

「……夢月、大丈夫か？」

蓮がこちらに歩みよろうとした瞬間、あたしはあわてて
首を振った。

「なんも……ない……大丈夫。ありがとうね……行って
らっ……い」

あたしが不安そうな顔をしたら、蓮に心配かけちゃう。

お風呂に入りに帰るだけなんだから、すぐ会えるよ……
大丈夫だよね。

心配そうな顔をする蓮に笑顔を向ければ、蓮はホッと息
を吐いた。

「あぁ……行ってくる」

「うん……愛してる……」

「……俺もだ。愛してる」

Chapter 4 >> 249

——ガチャン……。

蓮の姿は扉の向こうに消えた。

あぁ……あたしは今ひとりだ。

孤独なまま……死にたくなんかない……。

でも……。

なんだかすごく嫌な……予感がするんだ。

そして、嫌な予感はみごとに的中した。

「容体が悪化してるわ!! 酸素量あげて!!」

博美さんの切羽つまった声。

蓮が出ていってしばらくして、あたしの容体は悪化した。

人の声がたくさん聞こえる。

中には知っている人の声も。

「夢月、がんばれ!! もう少しでアイツが来るから!!」

「夢月ちゃん!! 負けちゃダメだ!!」

あぁ……誰だったかな……。

なつかしい……。

あぁ……喜一お兄ちゃんと豊さんだ……。

すぐに来てくれたんだ……。

見知った顔にホッとする。

でも……ひどく苦しくて、眠い……。

もう限界だよ……。

——ガチャン!!

「夢月!!」

ドキンッ。

心臓が跳ねる。

　さっき会ったばかりなのに、長い時間離れてたみたいに感じる。

　会いたくて、たまらなかった……。

　蓮……。

「ダメだ!! 逝くな!! 約束しただろ……一緒に見にいくんだろ!!」

　星……見にいく約束……だったよね……。

　蓮……蓮……。

　もう一度、蓮を見たい……。

　だけど……目を開けたいのに開けられない。

　重くて持ちあがらない。

「目開けろ!! 夢月っ!! 逝くな……頼む!!」

　蓮に触れたい……。

「夢月!!」

　もう一度名前を呼ばれた瞬間、目をパッと開けられた。

「夢……月――」

　目の前の蓮は、いつもの無表情からは想像できないくらいに悲痛な顔をしていた。

「……蓮っ……」

　手を伸ばすと、すぐにその手を握ってくれた。

　あたしと蓮が出会ったときのことを思い出す。

　……あのまま自分の世界から飛びださなければ、蓮に出会うことはできなかった。

　そうしたら、誰かのために料理を作ったり、ご飯を一緒

に食べたり、同じベッドで寝て、人の体温がこんなに温か
いんだって知ることもなかった。

　あのクールな表情からは想像できないくらい、朝が苦手
なんだってことも、蓮を知るたびに好きの気持ちがふくら
んで、恋に落ちて……。

　この人のために生きたいって思うことも、誰かを幸せに
したいって気持ちも知らずに死んでいたかもしれない。

　あなたに出会えたこと……。

　それはあたしの生きた時間の中で、奇跡と呼べる出来事
だったのかもしれない。

　ねぇ、蓮……。

　あたしは人生の中で、あなたと過ごした数ヶ月が本当に
大切で、一番生きているって実感できた時間だった。

　また笑えるようになったこと。

　命が大切だとわかったこと。

　誰かを愛せたこと。

　それだけで、あたしの"生"に意味があったんだって思
える。

「夢月!!　あきらめるな!!」

　その声に、あたしの意識が浮上する。

　あきらめ……たくない。

　蓮と、一緒に生きていきたい……。

「一緒に生きていくんだろ!!」

「…………」

　そうだ。

あたし、一緒に生きていくんだ。

　こんなところで、死んじゃダメだ。

　蓮が、待ってる……。

「心拍戻ってきたわね。……夢月ちゃんの骨髄移植のこと
ですが」

　博美さんは、豊さんと喜一お兄ちゃんに向きなおり、話
しだす。

「夢月ちゃんの骨髄移植、早めた方がいいと思うわ。前に
も話したとおり、その前処置として、腫瘍化した細胞を殺
すために、大量の抗がん剤投与と放射線照射をして、移植
をする」

　博美さんの声が聞こえる。

　そう、あたしは奇跡的に豊さんの骨髄と適合した。

「もっと、心の準備をしてから受けさせるべきだってこと
はわかってるわ。拒絶反応があれば、夢月ちゃんは……」

「そんなっ、それを今、決めろっていうのかよ……」

　喜一お兄ちゃん……。

「もう、抗がん剤治療に、夢月ちゃんの心と体はもたない。
だから、かけるべきだわ」

　博美さんの言葉に、あたしは決意した。

　あたし……蓮とこれからも生きていきたい。

　蓮がウェディングドレスの話をしてくれたとき、俺との
未来を信じろって言ってくれた。

　そして、プラネタリウムではずっと一緒だって……。

　蓮があたしとの未来を信じてくれたから、あたしも信じ

る。

　力を振りしぼって、声をあげる。

「あた……し……受ける……」

　その言葉に、みんなが駆けよってくる。

「夢月!!　お前っ……」

　蓮があたしの手を握り、泣きそうな顔で見つめている。

「蓮……」

「夢月、死ぬなっ……」

「本当……に……大好き、だよ……」

　涙が流れた。

　もしかしたら、このまま死んでしまうのかもしれない。

　そしたら、この人をひとりにしてしまうんだ。

　そう思ったら、悲しくて仕方がなかった。

「蓮……きっと……」

「夢月……？」

　あたしたちが信じる未来が、同じものなら。

「きっと……また……会えるよね……」

「……っ!!　あぁ、また会える、必ずだ」

　蓮は涙を流しながら、笑った。

「お父さまは明日にでもこちらに入院して、術前検査を受けていただきます。あさって、全身麻酔で骨髄採取して、その日のうちに夢月ちゃんに移植される流れになります」

「わかりました、すぐに準備します。夢月ちゃんのこと、よろしくお願いします」

　博美さんの言葉に、豊さんが頭をさげた。

助かるって信じたい。

　でも……。

　もし、もしものときがきたら……。

「手紙……喜一、お兄ちゃんに……」

「え……？」

　あのとき書いた、もしもの手紙。

　あたしはそれを、喜一お兄ちゃんに預けていた。

「行くわよ」

　博美さんの声が遠くに聞こえる。

　そのときふと、手紙を書いた日のことが頭によみがえった。

＊　＊　＊

『手紙、書きおえたんだな』

　飲み物を買ってくると病室を飛び出した喜一お兄ちゃん
が病室へ帰ってくる。

『うん……』

　手もとに視線を落として、あたしは自分が書いた手紙を
読んでみる。

　蓮へ

　蓮、あたしは蓮と出会って、はじめて本当の幸せを手に
することができた。

『結婚しよう』って言ってくれたとき、こんなに幸せ

でいいの？って思うくらいに幸せで、涙が止まらなかった。

　この世界で、蓮だけをずっと愛してる。

　光が強すぎるこの都会で、なによりも蓮は輝いてた。

　あたしを照らしてくれた。

　あなたはあたしの"一番星"でした。

　このリングに刻まれた"永遠の愛"、魂だけはずっと蓮のそばにいます。

　蓮がいつか、新しい誰かと愛を分かち合えるその日まで、あたしは蓮のそばにずっといる。

　だからあたしは……蓮を愛する気持ちを持って……この誓いを忘れません。

　今度はあたしが……蓮を照らす"一番星"になって、ずっと光りつづけるよ。

　蓮が悲くて、苦くて……押しつぶされそうになったときは、空を見あげてください。

　どんな星よりも早く、どんな星よりも明るく輝いて、蓮を照らすから。

　これでお別れです。

　誰よりも蓮を愛してるよ……。

　誰よりもあなたの味方です。

　　　　　　　　　　　　　　　　　　　　　　　夢月より

『星に……なるから、空を見あげてって……』

『え？』

『ううん、なんでもない。少し、弱気になっただけ』

　書きおえた手紙を喜一お兄ちゃんに手渡して、すぐに笑顔を取りつくろう。

＊　＊　＊

　あのとき、そう言ったけど、本当は怖かった。

　もしものときに、蓮がこの手紙を読むことになったときは……。

　蓮は、きっと泣くんだろうって。

　そんなことを思い出しながら、あたしの意識は深く沈んでいった。

Chapter 5

なぞる星座のように

【蓮side】

　容体が悪化した次の日、夢月は無菌室に入った。

　俺たちはなんとなくその場を離れられずに、無菌室前のソファに腰かけた。

　前処置も含むと、これから何日もかかるらしい。

　だから、今ここで待っていても夢月には会えない。

　それでも、夢月のそばにいたくて、家に帰る気にはならなかった。

　夢月の移植は無菌室で行われ、点滴を通してドナーの骨髄液を移植するらしい。

　ドナーである夢月の父親が、今同じ病院で全身麻酔のもと、骨髄液を採取している。

　これで、夢月の白血球、赤血球、血小板という血球が回復すれば成功らしいが……。

「夢月……」

　ソファに座り、祈るような気持ちで両手を合わせる。

　このまま、アイツが目を開けなかったら……？

　二度と会えなくなるなんて……考えられない。

　きっと生きていけねぇ。

　俺の世界は夢月がいて、はじめて成りたつんだ。

　握る手がカタカタと震える。

　ふと、夢月の容体が悪化した日のことを思い出した。

あの日も、俺と夢月の家族は病棟にある控え室のソファ
に座り、その場を動けずにいた。

　同じようにカタカタと震える手。

　すると、その手に誰かが手をのせたんだ。

　不思議に思って顔をあげると、そこには夢月の父親が
立っていた。

　明日からドナーとして入院することになった夢月の父親
は、これから大きな手術が控えているとは思えないほど落
ちついていて、夢月に似て強い人だと思った。

『君が、夢月ちゃんの大切な人だね』

『あ……すみません、あいさつもろくにできず……。秋武
蓮です』

　俺はあわてて立ちあがり、夢月の父親に頭をさげた。

　俺が夢月のことを離せなかったばっかりに、夢月の家族
に迷惑をかけた。

　申し訳ない……。

『夢月……夢月さんのこと、連絡もなしに預かったりして、
本当にすみませんでした』

『顔をあげてくれ、蓮くん』

　頭をさげたままの俺に、夢月のお父さんは優しくそう
言った。

　顔をあげると、優しい眼差しと目が合う。

　夢月に、似ていると思った。

『俺は杉沢豊で、こっちは喜一』

『……どうも』

喜一さんとは、夢月が倒れた日のこともあり、面識があった。

　喜一さん、やっぱり怒ってるよな。

　夢月を勝手に連れていったこと……。

『蓮くん、本当にありがとう』

　豊さんが俺に軽く頭をさげた。

『……え？』

　てっきり責められると思っていた俺は、予想外の言葉に目を見開く。

　ありがとう……って、なんだ？

　責められる理由はあっても、お礼を言われるようなことはしていない。

『あの子は、心も体もボロボロだった……』

　困惑していると、豊さんがポツリポツリと話しだす。

『そばにいたのに、家族の俺たちでさえ、夢月ちゃんの孤独全部を救ってあげることはできなかったんだ』

『杉沢さん……』

『夢月ちゃんにどんなに治療を進めても、首を縦には振ってくれなかった。だけど、家を飛びだして、蓮くんに出会って、夢月は変わった』

　俺と、出会って……。

　いや、俺というより、夢月がもともと強い女だったんだ。

　夢月は、病気なんて感じさせないほど明るくて、俺の心を救ってくれた。

　小さくて、細くて、守ってやらなきゃと思う反面、この

俺が守られているように思ったことが何度もある。

『蓮くんと過ごした時間が、夢月に生きたいと思わせた』

『……一緒に生きてくって、決めました』

　なにがあっても、俺は二度と夢月のそばを離れない。

　たとえ、夢月が消えてしまっても、心は繋がっている。

　いや、そんなことは考えたくない。

　それに、俺は夢月の生きる力を信じている。

『夢月ちゃんに生きる希望をくれて、ありがとう。蓮くんには、感謝してもしきれないよ』

『そんな……夢月さんに救われていたのは、むしろ俺の方でしたから……』

『そうか……あの子らしいね』

　豊さんは笑みを浮かべて、不安そうに無菌室の扉を見つめていた。

　夢月が豊さんからの骨髄移植を受けた次の日、いつものように無菌室の前に来ると、喜一さんと、病衣を着た豊さんがいた。

　豊さん、昨日、骨髄採取しているけど、顔色もいいみたいでよかった……。

　声をかけようとすると、パタパタと廊下を走る看護師が目に入る。

「急いで、抗生剤と解熱剤の準備を!!」

「あの、なにかあったんですか!?」

　走っていこうとした看護師を止めて、豊さんが尋ねる。

「あっ、杉沢さんのご家族ですね。杉沢さんは、骨髄移植をするために、悪い白血球をたたいて、今は免疫を司る白血球が０になっている状態です。そこへ新しい骨髄を移植して、経過を見ていましたが、免疫機能が低下していますので、ウイルスや細菌に感染し、40度を超える発熱が見られています」

　嘘だろ……。

　夢月は大丈夫なのか……？

　とてつもない不安に襲われる。

「それで、夢月は大丈夫なんですか!?」

　喜一さんの言葉に、看護師は困惑したような顔をする。

「なんとも言えない状況で……」

「あとは、私から話すわ」

　そう言って部屋から出てきたのは、夢月の主治医をしている博美さんだった。

「博美先生……」

「あなたは仕事へ戻って」

　看護師は博美さんと俺たちに頭をさげると、足早に立ち去る。

「博美さん、夢月は……」

　俺は不安を押し殺して尋ねた。

「これから、抗生剤と解熱剤で対応するわ。だけど……正直、状況はかなり深刻です」

　——ドクンッ。

　心臓が、嫌な音を立てる。

夢月……。

　まさか……このままいなくなったりしないよな？

　俺を置いていくなんて、絶対に許さねぇぞ。

「夢月ちゃんは、今高熱で意識不明の状態です。移植の前の処置で、免疫機能が落ちているから、すごく感染しやすい状態だし、それに対抗する力も弱いわ……。正直、夢月ちゃんの生きる力にかかってる」

「そんな……」

　喜一さんはそう言って、フラフラと近くの壁に背を預けた。

「夢月ちゃん……っ」

　豊さんも、声を震わせてうつむいていた。

　俺は、ゆっくりと博美さんに歩みよって、その腕にすがりついた。

「頼む……頼む、夢月を助けてくれ……っ」

　自分でも情けないと思うような声が出た。

　夢月との未来を信じると言いながら、こんなにも絶望に捕らわれている。

　自分の覚悟が、いかに軽いものだったかを思い知らされた。

「夢月は、俺の命そのものだ……。夢月がいなくなれば、俺は……っ」

　きっと、生きていけない。

　死んだみたいに、ただ息をするだけの屍になる。

「頼むっ……頼むっ……」

はじめて、人を好きになった。

　はじめて、自分よりも大切だと思える人に出会えたんだ。

「蓮……」

「博美さん、頼むっ……」

　俺に差し出せるモノがあるなら、なんでも差し出す。

　だから、夢月を助けてくれ……っ。

「蓮、夢月ちゃんを信じるの。今はそれしか、あたしたち
にできることはないわ」

「っ……夢月っ」

　無菌室に繋がる白い扉を見つめる。

　今すぐにでも、その手を握ってやりたい。

　声をかけて、繋ぎとめたい。

　なのに、正常な白血球が作られるまで、無菌室に入るこ
ともできない。

　夢月には……会えない。

　会えないからこそ、不安で不安でたまらない。

「骨髄が生着して血球が作られるまで、だいたい２週間。
ここからが……闘いなの」

「夢月……っ」

　ただ、お前を失うことが怖い。

「頼むから、頼むから死なないでくれ……っ!!」

　扉に手をついて、膝から崩れ落ちる。

　目もとが熱くなって、頬になにかが伝う。

　そこではじめて、自分が泣いていることに気づいた。

「頼む……っ」

Chapter 5 >> 265

「蓮、話がある」

　すると、喜一さんが俺の肩に手を置いた。

　顔をあげると、目が赤くなっている喜一さんと目が合う。

「喜一さん……」

「……夢月は、蓮が夢月の未来を信じて疑わなかったから、病気と向き合おうって思えたんだ。くやしいけど、俺にはできなかった……夢月の兄として、礼を言うよ、ありがとな」

「いいえ……。助けられたのは、俺です。夢月は、俺の心を救ってくれた。まだなにも、恩を返せてねぇのに、夢月がいなくなったら……っ」

　信じてないわけじゃない。

　信じたいのに、不安で不安で、今にも胸が張りさけそうだった。

「……いつ渡すか、いや……そんな瞬間が永遠に来なきゃいいと思ってたけど……」

　謎の言葉を発して、喜一さんはカバンの中をあさる。

　そして、黄色い無地の封筒を取り出すと、俺に差し出した。

　手紙……？

　それを、とまどいながらも受け取る。

　すると、宛先が俺になっていて、差出人は……。

「杉沢夢月……？」

　夢月？

　夢月がなんで、俺に手紙なんか……。

——ガサガサガサ……。

　中から手紙を取り出すと、見慣れた夢月の丸い字に視線を落とす。

蓮へ

久しぶりになるのかな？

これを読んでる頃、
あたしはきっと蓮のいる場所より、
ずっとずっと遠いところにいるね。

蓮……泣いてる？
ひとりで苦しんでる？

　蓮が、壊れてしまいそうなくらいに心がボロボロになったときは、この下に書いてある場所まで行ってください。

—あたしと蓮が出会った場所—

夢月より

「行くんだ、夢月のためにも」
「喜一さん……でも、夢月がこんなときに……」
　この手紙には、夢月と出会った場所へ行けと書いてある。

でも、俺が離れている間に、夢月にもしものことがあったら……。

「今のお前には、この手紙が必要だって、俺は思う。だから、行くんだ」

　そう喜一さんに背中を押される。

「行ってくるといい。なにかあれば、すぐに連絡するから。夢月が、蓮くんに伝えたいことだから、どうか聞きとどけてほしいんだ」

　豊さんも、俺の背中を押すようにうなずいて見せる。

「夢月が、俺に伝えたいこと……」

　それなら、俺はそれがどんな言葉だったとしても、受けとめなきゃいけない。

「行ってきます」

　決意して、俺はふたりに深々と頭をさげる。

　そして、コートに袖を通し、バイクのキーを手に、病院を飛びだした。

重ねた思い出と信じる未来

【蓮side】
——ブーンッブンブンッ!!
冷たい風が体に打ちつける。
いつからだったか……背中に温もりを感じるようになったのは。
ずっとひとり、壁を作って生きてきた……。
それなのに……アイツは気づいたらそばにいた。
"——あたしと蓮が出会った場所——"
今でも覚えている……。
あの汚れた世界の中にひとつ、輝いている光があった。
そう……まるで星のようだった。

「……なつかしいな……」
俺と夢月が出会った路地裏。
まっ暗で汚いこの場所が、俺と夢月が出会った場所だった。
男に囲まれていた夢月。
本当ならどうでもよかった。
でも、なぜかほっとけなかった……。
その怯えていた瞳さえ、純粋で無垢で、綺麗な瞳だったから……。
綺麗な星のようだった。

Chapter 5 >> 269

　それを汚してはいけない……そう思ったから助けた。

『あ……の……助けてくれて……ありがとう……ございます』

　目の前で俺が男を殴ったのを見ていたはずなのに、怯えることなく『ありがとう』と言った。

　人を殴って礼を言われたのは、はじめてだった。

　ふと、路地裏の電柱の下に目が行く。

　そんなところになぜ生えているのかわからないパンジーの横に、あの手紙と同じ、黄色い封筒があった。

　それを手に取り、その場で開く。

　蓮へ

　ここは、あたしと蓮が出会った場所だよね。

　あのとき、男の人に囲まれて、どうしたらいいのかわからなくて……。

　そんなあたしを、蓮は見つけてくれたね。

　そして、素性の知れないあたしを、居候させてくれた。

　ひとりぼっちだと思っていたあたしに、蓮は手を差しのべてくれた。

　蓮は明るすぎるこの都会で、なによりも輝いてた。

　蓮はあたしの"一番星"だったんだよ。

　ありがとう。

　あたしを見つけてくれて……。

次の手紙の場所を書きます。

蓮がひとりで大丈夫になるまで、この手紙を探してね。

―星の公園―

夢月より

「……それは……俺のセリフだ……」

星みたいだと……輝いていたと……。

俺も……夢月は星のように儚いけれど、強く輝く光だと思った。

ひとりで大丈夫なんて……そんな日が来ることはない。

お前は必ず……目を覚まして、俺のところへ帰ってくる。

"―星の公園―"

そう信じ、次の手紙を求めてまたバイクにまたがる。

星の公園といえば、すぐに浮かぶ夢月との思い出。

それを頼りに、俺はバイクを走らせた。

「昼間だっていうのに……。ひどく静かだな」

ちらほら人はいるものの、昼間の公園にしては静かだ。

夜になると、人っ子ひとりいなくなる。

だからここは、この汚れきった世界で唯一、俺が安らげる場所だった。

いつかアイツと一番星を見た。

星を見つめる夢月は、幸せそうで……だけどどこか悲し

そうだった。

『人間って、死んだら星になるんだって』

『……星に？』

『うん。だから、星はこんなにたくさんあるんだね』

　俺は……夢月と肩を並べて星を見あげる方がいい。

『……こんなに多いと、誰が誰だかわからないだろ』

『うーん……そうだよねー……。あっ！　じゃあ、あたしは一番星になるよ！』

　お前はあのときからずっと……。

　その小さな体で、痛み……とてつもない不安や悲しみを背負ってたのか？

　あの日、ふたりで星を見あげた場所にある、１本の小さな木を見ると、あの手紙がくくりつけられていた。

　それを手に取って開いた。

蓮へ

ここは、星がよく見える場所だよね。

星に包まれてるみたいに。

ここでも蓮、タバコ吸ってたね。

タバコはあまり吸わないでね。

体に悪いんだから！

そんなんで早死になんてしたら、許さないからね！

ふたりで"一番星"見たよね？

　前も言ったけど、一番星は日が暮れてから最初に見える
星で、その日見える星の中で、一番明るい星なんだよ。

　だからね、あたしは一番星になるよ。

　いつでも見守るから。

　辛いとき、悲しいとき……。

　なんでもいいから……ひとりが苦しくなったら、空を見
あげて。

　ちゃんとそばにいるからね。

　―ふたりで見た海―

夢月より

「……くくっ……お前は……ずるいな」

　手紙の文に笑みがこぼれた。

　夢月に言われたら……やめるしかないか。

　ポケットからタバコを出す。

　そして、公園のごみ箱に投げいれた。

「……わかった。やめてやる。お前に隠れて吸ったらバレ
るからな」

　でも、星になるなんて、許さねぇ……。

　俺は、ここからお前を見あげるだけなんて、耐えられな
い。

この手で触れて、抱きしめたい。

　愛をささやき合いたい。

　夢月とこの世界を生きたい……。

　俺にここまで思わせた女は……夢月だけだ。

「次は……ふたりで見た海……か」

　夢月が俺を救ってくれた場所。

　またバイクにまたがり、エンジンをかける。

　少し暮れはじめた空が、あの日を思い起こさせる。

　俺はそれを横目に見ながら、バイクを走らせた。

　しばらく走ると、風に乗って潮の匂いがしてきた。

　見覚えのある砂浜と、キラキラと夕日が反射する海。

　俺はバイクをおりて、砂浜を歩いた。

「……もう夕方か」

　夕日に照らされた海は、あのとき夢月と見た海と同じ
だった。

『……知ってる？　手が冷たい人は心が温かいんだって。
だから、蓮さんは利益や欲だけを考えて生きているような
冷たい人間にはならないよ』

　……夢月、お前の手は温かい。

　それでも、心も温かい。

　夢月は日だまりみたいに、すべてが温かい。

『……狼牙の人たちがあんなに仲よくて、仲間を思えるの
は、蓮さんが総長だからだよ。蓮さんがいたから……みん
なついてきたの。不器用だけど優しくて……誰よりも辛い

思いをしてきたからこそ……。蓮さんは、優しい蓮さんのままだよ。なにがあっても変わらない』

　こんな俺を……お前は優しいと言った。

　運命を呪っていた俺を、夢月は簡単に救ってしまった。

『……蓮さんの居場所は、蓮さんのいたいところだよ。自由になりたいなら……逃げちゃえばいいんだから！　自分の人生は、他人が決めた人生じゃないよ』

　俺の望むようにすればいいのだと教えてくれた。

　いつだってお前は、俺を導いてくれた。

　だからか……ときどき思うことがあった。

　夢月は、神様が俺に与えてくれた天使だったのではないかと……。

　そんなことを考えながら、ひとり砂浜を歩く。

　凸凹もなく、やわらかな砂は足に優しい。

　まるでクッションのようだ。

「……あれか……」

　海に沿って砂浜を歩いていると、砂浜にぽつんとある岩の下の方に手紙があった。

　それを手に取り、封筒を開けた。

　蓮へ

　ここは、蓮がはじめてあたしに自分のことを話してくれた場所だね。

蓮はいつも無表情だけど、ときどきとまどったような顔をするときがあったんだよ。

　蓮は人を信じられなくなってたね。

　それは、蓮が出会ってきた今までの人が私欲、利益のために近づいてきた人ばっかりだったから。

　でも、今は？

　今、蓮のそばにいるのは私欲、利益が目的の人？

　ちがうよね。

　今蓮のそばにいるのは、蓮自身のことが好きな人たちだよ。

　だから……壁を作らないで……。

　博美さんや狼牙の仲間は、蓮の味方だよ。

　それから、蓮のこれからの人生、どう生きるかは蓮が決めることなんだよ。

　蓮が生まれたその瞬間から、その命が終わるまで、すべてが蓮の人生。

　だから……蓮が望んだ人生を、あなたが幸せになれる人生を歩んでね。

──プラネタリウム──

夢月より

「……そうだな……。アイツらは信じられる」

夢月が言うなら、なおさらだ。

　でも、お前には……出会ったあの瞬間から壁を作れな
かった。

　疑うこと、欲……そういうモノを知らない、綺麗な瞳を
していたから。

「……ありがとな……」

　俺の人生は俺のモノだと、何度も教えてくれる。

　俺の生きたいように生きろと……。

「お前が教えてくれた……」

　なら俺は、自分を見失わずにいよう。

　俺は俺のままでいないと……夢月が悲しむからな。

　バイクで15分ほどで着いたのは、ドーム状の建物。

　夢月と来たプラネタリウムだった。

「つい最近、来たような感覚だな……」

　ひとり、チケットを買って、あのときふたりで座った席
に座った。

　もちろん、隣に夢月はいない。

『……オリオン座、冬の星だね』

　オリオン座……。

　アイツ……楽しそうに話してたな。

『あれだよ。まん中に３つ、星が並んでるやつ』

　自分でも探してみる。

　夢月と見た星を……。

　こんなにも、星はたくさんあったのか……。

夢月、お前がいないと、あれがなんの星なのかもわからない。
　まだまだ、教えてもらいたいことがたくさんあるんだ。
　またここへ来ようって約束、叶えてないだろ……？
　俺は、まだあきらめてない。
　夢月、お前との未来をあきらめたりしたくねぇ。

　上映が終わって席を立つと、ここの館長であるじいさんが話しかけてきた。
「……君宛てに手紙を預かってるよ」
「……これは……」
　黄色い無地の封筒。
　夢月からの手紙だ。
「なぜ、俺だとわかったんですか？」
「あの席にひとりで座った男の人に渡してほしいと言われてね」
「……そうですか……どうも……」
　手紙を受け取り、プラネタリウムをあとにした。
　外に出れば、外はまっ暗だった。
「……今日はよく見える……」
　夜空に散りばめられた星たち。
　夢月……今日はこんなに星が綺麗だぞ。
　お前に見せたい……今度は一緒に見よう、この星空を。

　蓮へ

あたしが病気だとわかっても、あたしがそのことを忘れ
ちゃうくらい、普通に接してくれてうれしかったよ。

　このプラネタリウムに流れた流れ星に、あたしは願いこ
とをしました。
　『蓮とずっと一緒にいられますように』って……。

　それくらい、蓮のことが大好きだったんだよ。
　蓮の存在は、あたしの中にいた病気の存在を簡単になく
しちゃった。
　蓮の存在はあたしの希望で、生きる理由でした。
　次は最後の手紙です。

　― 『eternal heart』 ―

　　　　　　　　　　　　　　　　　　　　　　夢月より

「……俺も……だ……」
　俺もなんだ……夢月……。
　プラネタリウムで、俺も夢月とずっと一緒にいられるよ
うにと願ったんだ。
　男が流れ星に願いごとなんて……って思うかもしれな
い。
　でも……流れ星でも神様でも、仏でもよかった……。
　夢月を俺から奪わないでくれるなら、なんでもよかった

んだ……。

　普通に接してたのは、俺自身が夢月の病気を否定したかったからかもしれない。

　認めたくなかったのかもしれない……。

　流れ星は速すぎて、３回も願いごとを言ってる時間はない。

　たとえ流れる間に３回言えなくても、願うことに意味がある。

　その願いを信じることが大事なんだ。

「……次で最後……」

　行きたいが……行きたくない……。

　行けば、これで夢月からの手紙はなくなる。

　それは、夢月との永遠の別れになる気がした。

　でも……俺は行くんだろう。

　夢月が書いた手紙は手が震えていたからか、文字ががたがたで、紙には涙の跡があった。

　痛む体を無理やりにでも動かして、震える手で必死に文字を紡いで……。

　そこまでして、俺に伝えたいことがあったんだろうから……。

　"―『eternal heart』―"

　夢月と永遠の愛を誓った、あの場所へ……。

　ステンドグラスから月明かりが差しこむ。

　俺は、夢月と永遠を誓った、あのチャペルへとやってき

た。

　バージンロードをひとりで進み、十字架の下で微笑むマリア像を見あげる。

『……愛してる……夢月……』

『愛してる……蓮……』

　ふたり、愛を誓ったこのチャペルに、あのときの俺たちの姿を見ていた。

　たしかに……ここで愛を誓ったんだ。

　俺たちはただ……そばにいるだけでよかった……。

　チャペルの中にあるオルガンの上に、あの手紙がある。

　それは、このチャペルにある、どの美しい装飾品よりも存在感があった。

　夢月からの最後の手紙を手に取る。

　迷いはあるものの、やっぱり俺は開いてしまった。

　蓮へ

　最後の手紙になるね。

　蓮、あたしはここではじめて、本当の幸せを手にすることができた。

『結婚しよう』って言ってくれたとき、こんなに幸せでいいの？って思うくらいに幸せで……涙が止まらなかった。

Chapter 5 >> 281

　この世界で、蓮だけをずっと愛してる。

　光が強すぎるこの都会で、なによりも蓮は輝いてた。

　あたしを照らしてくれた。

　あなたはあたしの "一番星" でした。

　このリングに刻まれた "永遠の愛"。

　あたしがもし、この世界を去っても……。

　この蓮を愛する気持ちは、この世界に、蓮のそばに置い
ていくね。

　そして、蓮がいつか、新しい誰かと愛を分かち合えるそ
の日まで、あたしは蓮のそばにずっといる。

　だからあたしは……蓮を愛する気持ちを持って……こ
の誓いを持って先に行くね。

　今度はあたしが……蓮を照らす "一番星" になって、
ずっと光りつづけるよ。

　蓮が悲くて、苦くて……押しつぶされそうになったとき
は、空を見あげてください。

　どんな星よりも早く、どんな星よりも明るく輝いて、
蓮を照らすから。

　これでお別れです。

　誰よりも蓮を愛してるよ……。

　誰よりもあなたの味方です。

夢月より

「……っ……バカだな……お前はっ……」

　自分が死ぬかもしれないっていうのに……いつも人の心配ばかりだ。

　涙がとめどなく溢れた。

　こんなに涙を流したのは、はじめてかもしれない。

　そして……俺がこうして誰かのために涙を流すのは、夢月だけだ……。

「……夢月……俺は……お前以外の女を好きにはならない」

　今も……この先もずっと……。

「……夢月だけを愛してる……。この先もだ……お前だけをずっと愛してる……」

　だから、このチャペルでもう一度誓おう。

　この先もお前だけを愛していくと……。

「夢月……愛してる……」

　お前が消えるなんて想像もしたくない。

　でも、もしそうなったとしても、俺には夢月だけだ。

　そして、俺はきっと何度も星を見あげては、繰り返しつぶやくだろう。

　星になった彼女を想って……。

「でもな……俺は、この手紙を読むたびに思った。やっぱり、お前と過ごした時間こそが、俺が生きているという実感をくれる」

Chapter 5 >> 283

　俺は、夢月の手紙たちを胸に抱きしめた。

　そして、まっすぐに前を見すえる。

「どんなに時間がかかっても、たとえ何年、何十年お前が
目覚めなくたって、俺は待ちつづける」

　そして、目覚める日を信じている。

　だから、星になんてさせるか。

　勝手に消えるだなんて、許さねぇ。

　俺のそばにずっといろ……。

　そのためなら、何度だって名前を呼ぶ。

　俺にできるのは、信じて待つことだったんだな。

　俺は、チャペルを飛びだした。

　迷いは晴れて、やるべきことが見えたから。

　俺の帰る場所がお前のように、夢月、お前の帰る場所は、
俺だ。

　だから、絶対に帰ってこい。

　それまで、お前のそばで、お前の帰りを待つから……。

　病院へと戻ってくる頃には、時刻は７時を回っていた。

「戻りました……」

「おかえり、蓮くん」

　無菌室前に来ると、豊さんがそう声をかけてくれた。

　そして、俺はソファに腰かけている喜一さんへと歩みよ
る。

「ずいぶん、顔色がよくなったな」

　喜一さんは小さく笑みを浮かべる。

きっと、喜一さんが夢月のかわりに手紙をあちこちに置いてくれたんだよな。

「心配かけてすみません。俺、アイツを信じて待つって決めました」

「……そうか。俺も、信じるよ。夢月と蓮の絆の力を、さ」

「はい」

　俺たちは顔を見合わせて、笑みを交わす。

「蓮くん、一緒に待とう。夢月ちゃんがまた、笑顔を俺たちに見せてくれる日を」

　豊さんが、俺の肩に手をのせた。

　やっぱり、夢月の家族だなと、つくづく思う。

　あの優しい夢月と同じ温かさを、この家族から感じた。

　そして、俺たちは夢月の目覚めを待つことを決めたのだった。

Chapter 5 >> 285

目覚めた先にある希望

【夢月side】

『ねぇ、夢月？』

　なつかしい、大好きな人の声が聞こえた。

「ママ」

　もういないはずのママの声、何度も見た夢。

『夢月……』

「パパ」

　パパの声だ。

　あたしはいつものように体を起こし、星空の下に立つ。

『夢月……』

「ママ……そこにいるの？」

　"人は死ぬと星になる"

　きっと、パパとママは星になって空にいるんだよね？

　あたしは、星空に話しかけた。

『夢月、帰りたい場所は見つかった？』

　ママ……。

「うん、あたし、見つけたよ」

　蓮さんのところに、そして、豊さんや喜一お兄ちゃんのいる、あたしのもうひとつの家族のところに。

『夢月、もうひとりじゃないんだな』

　パパ……。

「うん、あたしには、大切な人が、たくさんいるんだ」

今まで気づかなかったけど、あたしはたくさんの人に、支えられてきたんだ。
「ママとパパのこと、すごく大好きだった。だけど、まだ一緒には行けないみたい」
　あたしは大きく星空に手を振った。
「待ってる人がいるから!!」
　だから、バイバイ。
　あたしの大好きなママとパパ。
　星が強く輝いた気がした。
　まるで、祝福してくれているように思えた。
「夢月……」
　あぁ、あたしの大好きな人の声がする。
　あたしの、帰る場所……。
　"夢月"
　大好きな人の声。
　それに合わせて、意識が浮上する。
「夢月」
　今度は、はっきり聞こえた。
　あたしは、ゆっくりと目を開ける。
「夢月っ!!」
「あ……」
　目を開けると、大好きな人の顔が一番に目に入った。
　あれ……?
　ここは、あたしがいた無菌室じゃない。
　どうしてかわからないけど、普通の病室にいる。

Chapter 5 ≫ 287

「夢月!! よかった、心配したんだぞ!!」

「お帰り、がんばったねっ、夢月ちゃんっ……」

　喜一お兄ちゃんと豊さんが泣き笑いを浮かべながら、あたしを見つめている。

「喜一お兄ちゃん、豊さん……っ」

　また大切な家族に会えたことがうれしくて、声が震えた。

　ジワリと涙がにじんで、視界がぼやけた。

「ありがとう、ありがとうっ……」

　あたしを待っていてくれて、ありがとう。

　帰る場所があることは、本当に幸せなことだ。

「夢月ちゃん、２週間くらい熱に浮かされていたから、状況がわからないのも、無理ないわね」

　すると、蓮とは反対のベッドサイドに、博美さんがいた。

「あたし、２週間も眠って……」

「骨髄自体は２週間で生殖したのよ。白血球も無事に回復してきたし、今は一般病棟へ移っているわ」

「そう、なんですか……あの、あたし、助かったんですか……？」

　おそるおそる、聞いてみる。

　体はまだだるいし、目覚めたばかりでなんだか現実感がない。

「治療は成功よ。けれど、再発の可能性がつきまとうことは忘れないで。これは、起きるかもしれないし、起きないかもしれない……夢月ちゃんが抱えていく爆弾みたいなものよ」

「……はい。それでも、こうしてまたみんなに会えて、よかった……」

「遅いぞ……。ずっと、待ってた」

　ポタッ。

　頬に、温かい雫が落ちてきた。

「蓮……泣いてるの……？」

「お前のせいだ、夢月」

　そう言って、あたしを強く抱きしめる。

「また、会えた……」

　あたしは、そう言って泣いた。

　こんなに、生きていることに感謝する日が来るなんて、思ってもみなかった。

　あたし、ちゃんと今、生きてる。

「お前、勝手に星になるとか、魂はそばにいるとか、ふざけんなよ」

「蓮……手紙読んで……？」

「お前の兄貴からもらった」

　蓮は怒りながら、あたしをにらみつける。

「他のヤツと幸せになれとか、無理に決まってんだろ。俺は、お前しか愛せねぇよ……」

　蓮は、ただポロポロと涙を流していた。

　あたしは、その頬に手を伸ばす。

「お前しか!! 　俺にはいないんだって、いいかげんわかれ！」

「っ!! 　……うん、ごめんなさい。あたしにも、蓮しかい

ないのにね……」

　その頰をなでて、涙の跡をたどった。

「お前がいなくなると思ったら、苦しかった……」

　あたしも、蓮と離れたくないって、手紙を書きながら何度もそう思った……。

　もう一度、蓮に生きて会えて……本当に本当によかった。

「もう、俺の手の届かないとこに行くな。ずっと、そばにいろ」

「うんっ……あたしも、そばにいたいっ……」

　泣きながら、蓮に笑いかける。

　再発は怖いけれど、あたしはもうそれを恐れたりしない。

　蓮との未来だけを信じて、生きていく。

　あたしの運命を変えた人。

　あたしの、世界でたったひとりの "一番星"。

「愛してる、夢月」

「蓮、あたしも愛してる」

　そして交わす口づけは、あたしに生きてると実感させてくれるくらいに、温かいものだった。

「あっ、おい!! 俺たちいるの忘れてないか!?」

「まぁ、いいじゃないか。ふたりは愛し合ってるんだからね」

　騒ぎだす喜一お兄ちゃんと、なだめる豊さん。

「あらあら、本当に幸せそうでなによりだわ」

　そんなあたしたちを、博美さんが温かい目で見守ってくれた。

＊　＊　＊

　あれから1年。

　あたしは再発というリスクを抱えながらも、無事に退院
し、高校へと復学して、あっという間に1年がたった。

　そして今日はあたしの卒業式で、喜一お兄ちゃんと豊さ
んも見にきてくれた。

　帰ったらお祝いをしてくれるらしく、今から楽しみだ。

「夢月ーっ!!」

　卒業式を終えて体育館の外へと出ると、親友の亜里沙が
駆けよってきて、抱きついてくる。

　事後報告にはなってしまったけど、復学したときに、あ
たしが病気だったことを亜里沙には話した。

『えっ!？　そっか……だから夢月、あんな辛そうな顔して
たんだね』

　それは、亜里沙が前に言ってた、学校にいるときのあた
しの表情のことを言ってるってすぐにわかった。

『話せなくてごめんね……亜里沙に心配かけたくなかった
の』

　ずっと隠してきたことを謝ると、亜里沙は首を横に振っ
た。

『あたしを気遣ってくれたんでしょう？　でもね、優しい
夢月のことだから、きっと抱えこんで辛かったと思うの』

『うん、そんなときもあった』

『だからね、今度はあたしのことも頼ってよね!』

『亜里沙……ふふっ、うん!』

パシッと肩をたたく亜里沙にあたしは笑った。

「夢月と、こうやって卒業できて本当にうれしい」

「あたしも、うれしい」

余命３ヶ月、春なんて迎えられないって思ってた。

本当に、なにもかも叶わないと思ってたのに……。

舞い散る桜に、春が来たんだと、感慨深くなった。

「夢月を変えてくれた人に、感謝してるんだ、あたし」

亜里沙はそう言って、あたしに笑いかける。

「その人のおかげで、あたしはまた、夢月とこうして一緒にいられるんだから！」

「亜里沙……」

あたしは、どうして今まで気づかなかったんだろう。

こんなに大切な親友がいて、家族がいて……。

孤独だと思ってたのはあたしだけで、自分から周りを拒絶してたんだ。

なにも、見えてなかった。

「あたしの親友！　ずっと大好きだぞー!!」

「ふふっ、亜里沙、苦しいよ！」

叫びながら抱きついてくる亜里沙。

亜里沙は高校のすぐ近くにある大学に進学する。

あたしの家からも近いから、すぐに会える距離にいるし、卒業してもずっと親友だ。

「お、ウワサをすれば！」

　あたしに抱きついたまま、亜里沙が指を差す。

　その方向へ視線を向けると……。

「卒業おめでとう、夢月」

　手をあげて微笑んでいる、蓮がいた。

「結婚式は、あたしも呼んでよね！」

「き、気が早いよ、亜里沙！」

　そう言って走りさっていく親友を見送り、蓮に駆けよる。

「迎えにきたぞ」

「ありがとう、蓮！」

　あたしは、蓮に抱きつく。

「ほら、行くぞガキ」

　ベリッとあたしを剥がして車に乗りこむ蓮に、あたしは
笑う。

　これは、照れかくしだ。

　それから数日後、あたしは蓮と車に乗りこんだ。

　家族へ結婚のあいさつをするためだ。

　病気をしたり、蓮と出会っていなければ、亜里沙と同じ
ように、大学へ行くことを考えていたかもしれない。

　だけど……。

　病気になって、限りある時間の大切さを知った。

　蓮と出会って、人を愛する幸せを知った。

　あたしは、移植に成功したけど、いつ再発するかもわか
らない。

だから、一分一秒もむだにすることなく、蓮のそばにいて、同じ時を過ごして、家族になりたい。

　そして、たくさん思い出を重ねていくの。

　たとえなにかが起きても、思いのこすことがないように……。

　そう思って、卒業したらすぐに結婚すると、ふたりで決めていた。

「それにしても、緊張するなぁ……」

　あたしは、バクバクとうるさい心臓を鎮めるように、胸をそっと押さえる。

「なぁ、嫌なら会わなくてもいいんだぞ」

　蓮は運転席から心配そうにあたしを見つめる。

　最初は蓮の家に行くことになっていた。

「蓮の家族は、あたしの家族。それに……認めてほしいの、あたしたちのこと」

「夢月……」

　蓮のお父さんは、あたしみたいな病気持ちの一般人と蓮が結婚なんて、つり合わないって思ってる。

　だけど、あたしが蓮を一番愛してるんだって、知ってほしい。

「ありがとな、夢月」

「え……？」

　あたしは、運転席の蓮の横顔を見あげる。

　蓮は前を見つめたまま、笑みを浮かべていた。

「親父にひどいこと言われたのに、向き合おうとしてくれ

て……」

「蓮……」

　向き合おうとしたのは、蓮がそうしていたから。

　蓮は１年前、高校卒業後、大学に進学して財閥の役員になった。

　私利私欲にまみれて、自分もそうなるんじゃないかと悩んでいた蓮だけど、蓮は蓮のまま。

　なにも変わっていない。

「着いたぞ」

「え、わぁ！」

　目の前には、大きな豪邸が建っていた。

　門や塀は高く、あたしの家が10個以上収まりそうな広い敷地。

　本当にすごい家……。

　ここで蓮が育ったんだ……。

　車をおりて、呆然と秋武家を見あげていると、ポンッと頭をなでられた。

「そんなに見あげてたら、首痛めるぞ」

「だって、大きくてびっくりしちゃって……」

「大きいだけの、ただの家だ」

　そう言った蓮の顔は、少し悲しげだった。

　あたしは、その手をそっと握る。

　蓮はまだお父さんのことをよく思ってないんだ。

　あたしにできることはこれくらいしか思いつかないけど、どうか元気を出してほしい。

「蓮、失ってからじゃ遅いんだよ」

「夢月……」

　あたしの両親は、事故でこの世を去って、星になってしまった。

　もう、どんなに「愛してる」って伝えたくても、抱きしめて温もりを感じたくても、名前を呼んでもらいたくても、叶わない。

　蓮には、あたしと同じ後悔をしてほしくない。

「あたしたちには、声があって、言葉を紡いでいける。だから……一緒に伝えよう、蓮の気持ち」

「……あぁ、夢月がそばにいてくれるなら、できる気がする」

　蓮も、あたしの手を強く握り返した。

　そして、門の前に行くと、スーツを着た男性が頭をさげて門を開けてくれる。

　えっ……!?

　門番までいるの!?

　──キイィィ……。

　開けられた門から中へと入る。

「いらっしゃい蓮、それから……夢月さん」

　出迎えてくれたのは、蓮のお母さんだった。

　事前にあいさつに行くことを伝えていたからか、お母さんはあたしの名前を知っていた。

「ただいま、おふくろ。……親父は?」

「中にいるわ。どうぞ、夢月さんもあがってくださいな」

蓮のお母さんはとても品があって、優しげな瞳をしていた。

　蓮の異様に整った顔は、お母さん似だと思う。

「はい、お邪魔します」

　家にあがると、あたしたちは緊張しながら蓮のお父さんの待つリビングへと向かった。

「……来たか」

　リビングに入ると、蓮のお父さんが無表情にソファに腰かけている。

「……ちゃんと家にいたんだな。てっきり、認めないとか言って、仕事に行くかと思った」

「コラ、蓮！」

　──バシッ！！

「っ……悪い」

　皮肉を言う蓮に、あたしは咎めるつもりで頭を小突いた。

　すると、蓮は反省したのか、しょんぼりとうなだれる。

　たぶん、他の人ならわからない、小さな蓮の表情。

　今では、手に取るようにわかる。

　それほど、蓮といた時間が長くなったんだと、うれしくなった。

「ふふっ、蓮は夢月さんにずいぶん心を開いているのね」

　それを見ていた蓮のお母さんが、微笑む。

「ご、ごめんなさい、たたいたりして……」

　ご両親の前だということをすっかり忘れていたことに、はずかしくなる。

あたし、またいつもみたいに蓮を叱ってた。

　これで、結婚を認めてもらえなかったら、どうしよう!!

　内心ヒヤヒヤしていると、蓮のお母さんは首を横に振る。

「いいえ、蓮が生き生きとしているのも、自分の意志を持って生きられるようになったのも、きっと夢月さんのおかげなのだとわかるから……感謝してるわ」

「お母さん……」

「うれしい。私、娘ができたらどんなだろうって、思っていたから……」

　蓮のお母さんはそう言って、花のように微笑んだ。

「親父、おふくろ……俺は、正直この家で家族の温かさを感じたことはなかった」

「蓮……」

　お母さんもわかっていたのか、悲しげにうなずく。

　蓮のお父さんは、なにも言わずに黙って目をつぶっている。

「ずっと、孤独だった……」

　その声が震えて、あたしはそっと蓮の背中に手を添える。

　すると、蓮はあたしを不安げな瞳で見つめた。

「大丈夫だよ……そばにいるから」

　そう言って微笑むと、蓮は笑みを浮かべて強くうなずいた。

「そんな孤独を埋めてくれたのは夢月だ。家族を作りたいと思うようになったのも、夢月がいたからだ」

「蓮……」

その言葉に、胸が熱くなって、なんだか泣きそうだった。

　あたしも、あなたと出会えたから、孤独から抜け出せた。

　蓮がいなかったら今頃、あたしは生きる意味を見つけられずに、この世界から消えていたかもしれない。

「夢月は、俺が命をかけても失いたくない人だ。夢月と、生きていきたい。それを、どうか認めてほしい……」

「私からも、お願いします。私の孤独を救ってくれたのも、家族になって、一緒に生きていく未来を想像できるのも、蓮さんだけです」

　一緒に深々と頭をさげる。

　すると、蓮のお父さんがゆっくりと目を開けた。

「お前は、親父の言いなりにはならないと……あの日、そう言ったな」

「あぁ、たしかに言った」

　蓮のお父さんが言うあの日とは、たぶんチャペルで蓮のお父さんと会ったときのことだ。

「てっきり、結婚も勝手にするのだと思ったぞ」

「そのつもりだった……でも、夢月が言ってくれたんだ、俺の家族にも認めてもらいたいってな」

「……夢月さん、と言ったな」

　すると、今度はあたしに蓮のお父さんの視線が向けられる。

「はい」

「病気が再発して、君が先に死んだらどうするつもりだ」

　その一言に、胸がズキンッと痛む。

「夢月、答えなくていい……」

蓮の空気が怒りに震えるのに気づいて、あたしはそっと蓮の手を握っておさめた。

「再発して、病気で命を落とすかもしれないのは、重々承知しています……」

それで、蓮が傷つくのも、わかってる。

不安にさせてしまうのも、わかってるけれど……。

「この命が消えるまで、蓮さんのそばで精いっぱい生きます。そして、もし私が先立つそのときは……」

あたしは、隣に座る蓮を見あげた。

「私の心を、思いを、築いた思い出を、蓮さんに残していきます。蓮さんが、私がいなくなったそのあとも、前を見て生きていけるように……」

「夢月……あぁ、そうだな。それが、俺たちのたどり着いた答えだ」

蓮もまちがってない、とうなずいてくれる。

もう、お互い離れたりしない。

たとえ、そのときが来ても、きっと前を見ていける。

そばにいなくても、あなたを感じられる。

心が繋がっているから……。

「俺の人生は俺だけのモノだ。そして、誰と生きるかは、俺自身が決める……と蓮、お前が言ったとき、はじめて自分がお前を縛りつけていたのだと気づいたんだ……」

お父さんは、苦しげにうつむいた。

それに、蓮が息をのんだのがわかる。

「俺は、俺がお前を導いてやらねばと思うあまり、お前から自由を奪い、家族をないがしろにした……」

「あなた……」

蓮のお母さんが、お父さんの手に手を重ねた。

「……すまなかったと思っている」

「……親父……」

「夢月さんが、蓮を解放してくれたんだな。本当に、ありがとう……幸せになるといい、蓮、夢月さん」

そう言って、蓮のお父さんは深々と頭をさげた。

蓮のお父さんは、蓮を愛していないわけじゃなかった。

不器用なんだ、蓮に似て……。

「親父……ありがとな、おふくろも……っ」

「本当に、ありがとうございます」

泣きそうになる蓮の手を握ったまま、あたしも頭をさげた。

やっと、蓮も家族と向き合えたんだ。

よかった、認めてもらえて……。

うれしくて、あたしまで泣けてきてしまう。

生きているから、こうして幸せだなと思えるんだって、実感した。

そして、蓮の家を出ると、あたしたちは車に戻り、次の行き先へと向かう。

「蓮、なんだか、ワクワクするね」

運転する蓮に、あたしは笑顔を向ける。

「ワクワク？　俺は、緊張で死にそうだ」

「ふふっ、そんな顔しなくても、ふたりは優しいよ」

　あたしが笑うと、蓮は恨めしそうに笑う。

「娘を嫁にもらうんだぞ？」

　そう、これから向かうのは、あたしの家だ。

　豊さんと、喜一お兄ちゃんが家で待ってくれている。

「とくに、お前の兄貴は、俺を敵だと思ってるしな」

「えぇっ？　喜一お兄ちゃん!?」

「お前を拾ったこと、まだ根に持ってるだろ」

　喜一お兄ちゃんは、過保護なくらいにあたしを大切にしてくれていた。

　あたしが心を開いたのも、喜一お兄ちゃんがいたからだ。

「あたしが大好きな人のこと、喜一お兄ちゃんは嫌いになったりしないよ」

「大好き……」

　蓮があたしの言葉を繰り返しながら、顔を赤くする。

「蓮のことも、家族だって迎えてくれる」

「そうか？」

「うん！　だって、あたしのことを、家族にしてくれた人たちだからね」

　あたしの言葉に、蓮は笑顔を浮かべた。

「家族か、俺たちもいずれそうなる」

「……っ!!」

　今度は、あたしが照れる番だった。

「夢月ー!!　遅いぞ！」

家に着くと、家の前で喜一お兄ちゃんが手を振っていた。

「喜一お兄ちゃん、ただいま」

あたしと蓮は車をおりて、喜一お兄ちゃんの前に立った。

「おかえり、夢月。父さんが寿司の出前取ってたから、早く食べようぜ。……蓮も入れ」

どこかよそよそしい喜一お兄ちゃんに、あたしは苦笑いする。

「はい、お邪魔します」

そう言って頭をさげる蓮。

緊張してるだろうな……。

喜一お兄ちゃん、なんだかよそよそしいし。

「蓮、ありがとう」

あたしの言葉に、蓮は首をかしげた。

そんな蓮の手を取って、あたしは中へと促す。

「ここに来るの、すごく勇気がいったと思う。でも、こうして、あたしの大切な人にあいさつしてくれるの、すごくうれしいよ」

感謝でいっぱいだった。

あげたらきりがないけど、これだけは言える。

今のあたしは、蓮がいなかったら存在しなかった。

「あたりまえだ。夢月は、俺の嫁になるんだから」

そう言って笑う蓮に、あたしも笑顔を返す。

「おふたりさん、早く中においで」

豊さんに呼ばれて、あたしたちは居間に座る。

不思議。

ここはあたしの家だったはずなのに……今は、あたしの家じゃないみたいに緊張する。

「こうして、あらためて会えてうれしいよ、蓮くん」

　豊さんは、人懐っこい笑みを蓮に向ける。

　それにホッとしたように肩の力を抜く蓮。

「はい、お久しぶりです」

　蓮と豊さんは、病院で何回か顔を合わせているからか、自然に会話はできているみたいだった。

「こんな日が来るなんて、うれしいよ」

「豊さん……」

　豊さんは、少ししんみりとした様子で、あたしと蓮を見つめた。

「蓮くん、俺はね、夢月ちゃんを守ろうって決めたのに、なにひとつ、夢月ちゃんのためにできなかったんだ……」

「豊さん、それは……」

「夢月ちゃん、聞いて」

　豊さんはあたしの言葉を遮って、話しはじめる。

「あの日、世界で一番大切な人たちを失った夢月ちゃんは、生きる希望を失ってしまったのだと思った」

　それは、あたしのママとパパが死んでしまった日のことだ。

「失った分だけ、この子を愛そう。そう思って、俺なりに、大切にしてきたつもりだった」

　そう、豊さんは誰にも望まれないあたしを引き取ってくれた優しい人だった。

「でも、夢月ちゃんの心を、埋めてあげることはできなかったんだ」

「そうだな……結局、俺たちも腫れ物にさわるみたいに、傷だらけの夢月に触れられなかった。遠ざけるしか、できなかったんだよ」

豊さんの言葉に、それまで黙っていた喜一お兄ちゃんが声を発した。

あたしは……。

あたしのせいでふたりが悲しい顔をするから、それが辛くて、近づくことを恐れてた。

あたしは、いつも自分だけが不幸のような、そんな気でいたんだと思う。

「くやしいけどな、夢月を変えたのは、蓮だ」

喜一お兄ちゃんは、蓮を真剣な瞳で見つめた。

「俺にとって、夢月ははじめてできた妹で、俺なりに全力で守ろうって思って大切にしてきたんだ」

そして、少しさびしそうに笑ってあたしを見つめる。

「ただ……俺は、夢月の心を守ってやれなかった。だから……俺の大事な妹を、救ってくれてありがとうございました」

頭を深々とさげる喜一お兄ちゃんに、蓮は目を見開く。

「喜一さん……」

「さんとか、やめろよ！　俺の、義理の弟になんだろ、蓮！」

「……っ!!」

そして、喜一お兄ちゃんはニカッと笑う。

蓮は、泣きそうな顔で目を押さえた。

「なら俺は、蓮くんの義理のお父さんになるね。やぁ、家族が増えてうれしいよ」

　豊さんの言葉に、蓮は頭をさげる。

「ありがとう……ございます」

　蓮は、涙を浮かべながら笑った。

「ただ……ふたりは夢月の心を埋められなかったと言ってますが、それはちがうと思います」

　蓮の言葉に、ふたりは目を見開く。

「夢月は、ふたりを傷つけたくなかったから、そばを離れた。それは、裏を返せば、ふたりが大切だったから、です」

　蓮……。

　そう、あたしはふたりが大切だった。

　だからこそ、ふたりに迷惑をかけたくなくて家を出たんだ。

「夢月は、大切な人を亡くしてしまったけど、同時に、また大切な人に出会えた」

「うん、あたしは……」

　蓮の言葉を引きついで、あたしは笑う。

「大切な人を失ったけれど、あたしには、また大切な家族ができた。あのとき、すごくうれしくて、本当に感謝でいっぱいだった」

　ずっと伝えられなかった。

　あのときのあたしは、迷惑をかけたくない思いでいっぱいで、必死だった。

自分の気持ちを伝えることさえ、素直にできなかったから。

　あたしの、本当の気持ち。

　もっと甘えてもいいんだって、そう思えたのは、蓮がいたからだ。

「あたしの家族になってくれてありがとう。愛してくれてありがとうっ……」

　ポロポロと涙が出る。

「夢月っ……」

「夢月ちゃん、そうか、そうかっ……」

　喜一お兄ちゃんと豊さんが涙を浮かべながら、優しい瞳であたしを見つめる。

　こんなにも、温かい気持ちで家族に向き合えたのは、きっと……。

「蓮……蓮が、あたしの心を変えてくれたんだよ」

「夢月……それは、俺もだ。夢月が、俺を変えてくれた」

　そして、お互いに笑い合う。

「俺には、夢月が必要です。夢月を、俺にください。必ず、幸せにします」

「あたしにも、蓮が必要なんだ。蓮と、ずっとずっと一緒に生きていきたい」

　あたしたちの言葉に、豊さんと喜一お兄ちゃんは顔を見合わせた。

　そして……。

「夢月のこと、よろしくお願いします」

Chapter 5 ≫ 307

「幸せにしてやってください！」
　豊さんと喜一お兄ちゃんは頭をさげた。
「ふふっ」
「夢月！！」
　蓮とあたしはうれしくて、つい抱き合う。
　こうやって、あたしも家族と向き合えたのは、蓮がいた
から。
　蓮は、あたしの大切な人との絆を、繋ぎ合わせてくれた。
　豊さん、喜一お兄ちゃん。
　あたしのもうひとつの大切な家族へ。
　あたしを、ここまで育ててくれてありがとう。
　失ってしまった居場所をくれて、愛情を注いでくれたこ
と、本当に本当に感謝しています。
「あたし、蓮と必ず幸せになるからね」
　満面の笑みで、胸を張ってそう伝えた。

　そして、最後にやってきたのは、ママとパパが眠るお墓。
　夕日があたしたちの影を伸ばして、なんだかさびしい気
持ちになる。
　そんな気持ちを感じながら、お墓にお花を供えた。
「来るのが遅くなったな」
「うん……」
　今日は蓮の家とあたしの家へあいさつに行ったあとにこ
こへ来たから、時間が遅くなっちゃったんだよね。
「ママ、パパ……」

本当なら、生きているふたりにあいさつしたかった。

　蓮がどれほど素敵な人なのか、優しい人なのかを自慢したかったよ……。

　それが叶わないことが、こんなにも切ない。

　あたしは、両手をギュッと握りしめて、お墓を見つめた。

　そんなあたしの隣に、蓮が肩を並べるように立った。

「夢月さんと結婚させていただきます、秋武蓮です」

「蓮……」

　まっすぐに背筋を伸ばして、前を見すえる蓮。

　蓮……ありがとう。

　そこに姿はなくても、ちゃんと誠意を持ってあいさつしてくれることが、うれしかった。

「なにがあっても、決して夢月さんを手放したりしません。一緒に生きています。どんなときも守り抜きます……だから、夢月さんと結婚させてください」

　蓮の一言一言が、胸に優しく染みわたる。

　愛されてるって、感じるから……。

「ママ、パパ……この人が、あたしの愛してる人です」

「夢月……」

　蓮が、うれしそうに顔をほころばせて、あたしを見つめる。

　そんな彼に笑みを返した。

「あたしに生きたいって思わせてくれたのは蓮さんだった。何度も絶望したけど、この人とならって、未来を信じられたの。だからね……あたし、蓮さんと結婚します」

この世に産んでくれてありがとう、ママ、パパ……。

　心から、蓮と出会わせてくれたことに感謝する。

「俺たち、絶対に幸せにならねーと」

「うん!!」

　あたしたちは、どちらともなく手を繋ぐ。

　何年先も、何十年先も……この人の手を離さずに、ずっとずっと一緒にいよう。

　死がふたりを分かつまで、永遠に。

　心の中で誓った言葉にふたりが応えるかのように、供えた仏花がゆらゆらと揺れていた。

一番星

【夢月side】

　両家へのあいさつの日から３ヶ月。

　そして、迎える約束の日……。

　プリンセスラインの純白のドレスに着替えたあたしはひとり、等身大の鏡の前に立つ。

「まさか、これを着られる日が来るなんて……」

　本当にあたしなの……？

　自分で言うのもアレだけど、驚くくらい綺麗……。

　このプリンセスラインのドレスにはこだわりがあった。

　一度はあきらめた、結婚という未来。

　それをあきらめたままにはしたくなくて、絶対にこれを着て、蓮と結婚式を挙げるって決めていた。

　それが叶うなんて……うれしい。

　もう、式が始まる前から泣きそう。

　瞳が潤みはじめたところで、コンコンッと扉がノックされる。

「はい」

「夢月、入るよ〜」

　そう言って入ってきたのは、亜里沙だった。

「亜里沙、来てくれてありがとうね」

「親友の結婚式だよ？　あたりまえじゃん！　っていうか、どうしてもう泣きそうなのよ！」

亜里沙は困ったように笑って、あたしの背中をさすって
くれる。
「なんかね、幸せだなって……」
　今こうして生きていること。
　あたしに希望をくれた蓮、家族の温もりと絆を教えてく
れた、豊さんや喜一お兄ちゃん。
　命を救ってくれた博美さん、いつも背中を押してくれる
亜里沙。
「いろんな人に助けられて、あたしの命ってみんなが繋い
でくれたものなんだなって」
　結婚式はそんな大切な人たちに、あたしたちは幸せにな
りますって誓いと感謝を伝える場所でもある。
「夢月……」
「そう思うとね、絶対に式を成功させなきゃって思って。
あぁっ……なんか緊張してきた……」
　胃のあたりがこう……キリキリと痛む。
　あたし……転げたりしないかな!?
　大丈夫かな!?
「ははっ、夢月ってば難しく考えすぎ!　結婚式なんだ
よ?　夢月は幸せになることだけ考えてたらいいんだ
よ!」
「幸せになることだけ……?」
「そう、あたしは夢月がただ幸せそうに笑ってくれれば、
それでいいの!」
　幸せそうに、笑っていればいい……。

スッと、その言葉が胸に落ちてくる。

　不安が少し軽くなった。

「そっか……そっか！　ふふっ」

「そうそう、その調子!!　ちゃんと見守ってる……だから、幸せになれ！」

　亜里沙のおかげで、笑ってシャンと胸を張る。

　──コンコンッ。

「時間です、行きましょうか」

　スタッフさんが呼びにきてくれる。

　あたしは緊張が嘘みたいに軽くなったのを亜里沙に感謝しながら、一緒に部屋を出た。

「夢月」

　バージンロードの向こう、ステンドグラスから差しこむ光を背に、大好きな人が待っている。

　まるで、あの日に戻ったかのように、記憶の中の蓮と、姿が重なる。

　ここはあの日、蓮と予行演習をした丘の上のチャペル。

　豊さんに手を引かれながら、あたしはいろんなことを思い返した。

　ママとパパの子供じゃなければ、あたしは豊さんや喜一お兄ちゃんの家族にはなっていなかったかもしれない。

　病気にならなければ、あたしはあの家を飛びださなかったかもしれない。

　そして、蓮と出会わなければ……。

『……俺のところに来い』

　あの日、あの手を取っていなかったら……。

　あたしはきっと、ここにはいない。

　この世界にさえ、いなかったかもしれない。

「いってらっしゃい」

　豊さんに見送られ、あたしはひとりで歩きだした。

「夢月」

　微笑みながら手を差し出す蓮に、あたしは満面の笑みで手を伸ばす。

　ここから……始まる。

　あたしは、この人と生きていく。

「蓮っ……!!」

「もう、泣いてるのか？」

　そう言ってあたしの手を取る蓮も、涙ぐんでいた。

「蓮だって!!」

「やっと……お前を手に入れたんだぞ。今日くらい泣かせろ」

　そう言って笑う蓮に、あたしは抱きつく。

「お前的に言うと、俺だけの一番星だな……」

「え……？」

　あたしを抱きとめた蓮は、ふいにそうつぶやいた。

「お前は、俺の世界の中で、一番強く輝いて、惹きつける」

「蓮……」

　それは、あたしも同じだった。

　光が強すぎる都会で、なによりも輝いていて、この広い

世界で、こんなあたしを見つけて照らしてくれた。

「蓮も、あたしの一番星だよ……」

　余命３ヶ月と宣告された17歳のあの夜。

　あたしは、全力で、命がけの恋をした。

「蓮は、あたしに光をくれたんだよ」

　あたしに、未来という、ありえない希望を抱かせてくれて、それを叶えてくれた人。

　だから今度は……あなたを照らす"一番星"になりたい。

　都会の光になんて負けない、どんな光より強く輝くよ。

「蓮が、進む道に迷ったとき、望んだ答えが、誰にも受け入れられなかったとしても……」

「夢月……」

「あたしは、あたしだけは、いつだって蓮の味方だよ。蓮が、蓮のしたいように進めるように、その道を照らしたい」

　あなたの、"一番星"になる。

「最高のプロポーズだな」

「ふふっ、蓮もね！」

　あたしたちは、お互いに照らし合って、これからも生きていく。

　この先、どんなに辛いことがあって、どんなに苦しいことが起きたとしても……。

「夢月、愛してる」

「あたしも、蓮を愛してる」

　あたしたちはふたり、牧師様に向きなおった。

「汝、秋武蓮は杉沢夢月を妻とし、よき時も悪き時もとも

に歩み、死がふたりを分かつまで、愛を誓いますか？」

「誓います」

　蓮の誓いが胸を熱くさせる。

　うれしくて、すでに泣きそうだった。

「汝、杉沢夢月は秋武蓮を夫とし、よき時も悪き時もともに歩み、死がふたりを分かつまで、愛を誓いますか？」

　その言葉に涙で声が震えないよう、小さく息を吐く。

　そして、まっすぐに牧師様を見つめて言う。

「誓います」

　これ以上の答えはあたしの中にはない。

　一緒に、お互いにその道を照らし合って、生きていく。

　だって……いろんな困難を乗りこえたあたしたちを、誰にも、分かつことはできないのだから……。

「夢月、おめでとう〜っ!!」

　式が終わりチャペルの外に出ると、亜里沙が目に涙をためて、花びらをかけてくれる。

「ありがとうっ、亜里沙!!」

　色とりどりの花びらが、あたしたちを祝福するように舞っていた。

「総長〜っ!!　マジおめでとうっす!!」

　タケさんが、赤い目で他の狼牙の仲間を背に叫んでいる。

「「「総長〜っ!!」」」

　泣きながら蓮を呼ぶみんなに、あたしたちは顔を見合わせた。

蓮は、高校卒業と同時に狼牙の総長を引退して、跡をタケさんが引きついだ。

「おい……俺はもう総長じゃねーぞ。それに、なんでアイツら泣いてるんだ」

「蓮のことが大切だからだよ、きっと」

　苦笑いを浮かべる蓮に、あたしは笑う。

「蓮、夢月ちゃん、おめでとう」

「博美さん!!」

　博美さんが、あたしたちに手をあげる。

「博美さん、いろいろ……本当に助かった」

「ふふっ、あなたが自分の人生を歩みはじめたことが、すごくうれしいわ、蓮」

　頭をさげる蓮を、博美さんが優しい眼差しで見つめている。

　博美さんは、蓮に自由を教えてくれた人だ……。

「博美さん、本当にありがとうございました!!」

　蓮のこと、あたしの病気のこと……。

　感謝することがたくさんあって、この一言じゃ足りないくらいだ。

「あたしは、自分がやりたくてやっただけよ。でも、そうね……感謝してくれるって言うなら、ちょいちょいあたしにその元気な姿を見せにきてね」

「博美さん……はい！」

　ねぇ、蓮……。

　あたしたち、こんなにたくさんの人たちに祝福されてる

んだね。

「幸せになろう、夢月」

「蓮……そうだね、幸せにならなきゃ」

　たくさんの人たちがくれた思いと、星になってあたしたちを見守ってくれているママとパパの分まで。

　だから見ていて、ママ、パパ……。

　あたしたちは、きっと幸せになるから。

　そしていつか、この命が寿命を迎えて、あの空へと還る日が来たら……。

　聞かせてあげるね、あたしがどれだけ幸せだったかを。

　　　　　　　　　ＥＮＤ

文庫限定
After story

あなたと歩む未来

【夢月side】

　あたしが秋武夢月になって７年後の春。

　蓮は26歳、あたしは25歳になった。

　そして、もうひとり……。

「ママ!!」

「おはよう、星夜」

　今年３歳になる、あたしたちのかわいい息子が腰に抱きついてくる。

　休日の朝、蓮の隣で寝ていた星夜が先に起きてきた。

「パパより早く起きたよ!!」

「うん、すごいね、星夜！」

「へへっ」

　褒められたのがうれしかったのか、ニコニコと笑う星夜の頭をなでた。

「星夜、顔洗っておいで」

「はぁい！」

　寝ぼけ眼の星夜の背中を軽く押して、朝ご飯を作りはじめる。

　蓮は大学を卒業してすぐに、秋武財閥を継いだ。

　それからというもの、朝から晩まで仕事で大忙しで、帰ってくるとグッタリしていることが多い。

「蓮、ご飯食べられるかな……」

鮭を焼きながら、星夜みたいに寝ぼけ眼で起きてくる蓮を想像してクスッと笑ってしまう。

　そう……あたしはというと、今のところ再発はせずに生活できている。

　骨髄移植をすると、妊娠は難しいと言われたけれど、奇跡的に星夜を授かることもできた。

　いつ再発するか、怖くないわけじゃないけど……もし再発したとしても、大切な家族のために闘おうって決めている。

　だから、前より病気を怖いとは思っていない。

　今思えば、病気があったから蓮に出会えたんだもん。

　病気がなければ、あの日……家を飛びだすことも、蓮と出会うこともなかった。

「ママ、顔洗った!!」

「スッキリしたね、星夜。じゃあ、寝ぼすけさんを起こしてきてくれる？」

「うんっ！　パパー!!」

　あたしのお願いにうれしそうにうなずいて、寝室に駆けだす星夜。

　このなにげない日常が、あたしの宝物だ。

　しばらくして、蓮が「くあっ」とあくびをしながら歩いてくる。

「はよ……あの起こし方教えたの、夢月だろ」

「おはよう、蓮。ははっ、星夜、奥の手を使ったんだね」

それは、あたしが蓮の家に居候していたときに見つけた
蓮の起こし方。

　蓮は首筋が弱いから、ときどきこの奥の手を使って起こ
してたっけ。

　蓮はそのときも、『その起こし方、なんとかしてくれ』っ
て、ため息ついてたよね。

　そんなことを思い出しながら蓮を見ると、ピョンッと跳
ねる寝ぐせが気になった。

「あ……蓮、寝ぐせがついてるよ？」

「ん」

　蓮が身を屈めて、あたしに頭を差し出す。

　あたしは水を手につけて、蓮の寝ぐせをなでつけた。

「うん、取れました！」

「ありがとうな」

　蓮があたしの頭をなでる。

　今もこうしてこの人の隣にいられる……それがすごく幸
せだなって思う。

「夢月、亜里沙さんの結婚式、来月だよな」

「あ、うん！　スーツとドレス、新調しにいかなきゃね」

　そう、来月は親友の亜里沙がついに結婚する。

　一度あいさつさせてもらったけど、ふたつ年上の優しく
て大人な人だった。

　今度は大好きな親友の幸せな姿をお祝いできるなんて、
本当に生きててよかったって、あらためて思う。

「朝ご飯ができたから、座ってて？」

文庫限定　After story ≫ 323

「俺も運ぶ」

　蓮は休みの日、家事を手伝おうとする。

　疲れてるんだからいいよって言ったんだけど……『夢月も毎日家事は疲れるだろ』って言ってくれたんだ。

　ただ、蓮……料理はつきっきりで教えてるのに、上達しなかったなぁ……。

　ふと、蓮があたしの看病をしてくれたときのことを思い出す。

　そういえば、あのときもお粥を作ろうとして、お湯を沸かした時点で爆発が起きてた気がする。

「ふふっ」

　思い出し笑いをしていると、うしろからギュッと抱きこまれた。

　え……っ!?

　び、びっくりしたぁっ!!

　蓮って、急に抱きしめてくるんだもん。

「なに笑ってるんだ、夢月」

「蓮っ!　お、驚いたぁ〜……あのね、蓮が看病してくれたときのことを思い出したの!」

「あぁ……なつかしいな。あの頃は、なにかしたいって思っても、空まわってた」

　すると、蓮も小さく笑う。

「蓮……そんな風に、あたしのために一生懸命になってくれたのがうれしかったよ」

「……そうか、ならいい」

うれしそうに笑う蓮に、胸がキュンッとときめく。

　何年たっても、蓮にドキドキさせられっぱなし。

　あたしはいつまでも蓮に恋をしているみたい。

「ふふっ、大好きだよ、蓮」

「俺は愛してる」

「ならあたしは、大好きで愛してる！」

「……それはずるいだろ」

　少し頬を赤く染める蓮につられて、あたしまで顔が熱くなる。

　あたしたち、はたから見たらバカップル……じゃなくて夫婦だ。

「パパー、ママー……ぼく、お腹空いたよ!!」

　照れたまま抱き合うあたしたちを、星夜が見あげる。

　そうだ！

　あたしたち、朝ご飯食べようとしてたんだった。

　甘い雰囲気に一瞬、忘れてた。

「星夜、悪かったな。腹減ったか？」

　蓮が星夜を抱きあげると、星夜は頬をふくらませた。

「パパだけズルい！　ぼくもママとギュッてする!!」

「星夜、パパの抱っこじゃ嫌か？」

「パパでもいいよ！」

「パパでも……」

　蓮はグワンッと肩を落とす。

　星夜の悪気のない一言に、あたしは「プッ」と噴きだしてしまった。

文庫限定　After story　**325**

「星夜は、夢月にばっかりなついてる」

「ふふっ、星夜は蓮のことが大好きだよ」

「そうなのか？」

「だって……」

　星夜は蓮といつも張り合う。

　朝起きるのも蓮より早かったり、ママと仲よしなのは星夜だって、自慢したり……。

　でもそれって、蓮を目標にしてるっていうのかな……。

　パパを尊敬してるからこそ、できることだもん。

「星夜は、強くてカッコいいパパが大好きだよね？」

　蓮に抱きあげられる星夜に顔を近づけて尋ねると、照れながらコクンッとうなずいた。

「パパみたいになるんだ、ぼく」

　ほら、言葉が少ないところも、強がりなところも、蓮にそっくり。

「そう……か、パパみたいにか」

　うれしいのを悟られないよう隠そうとしてるけど、蓮の口角はあがっている。

「星夜、パパは総長だったんだよ！」

「そーちょー？」

「うん！　強くてカッコいいの。蓮のことを尊敬する人がたくさんいるんだよ」

　狼牙のみんなに慕われていた蓮。

　今はタケさんも引退して、蓮が立ちあげたカフェの店長をしている。

「じゃあ、星夜もそーちょーになる!!」

「ふっ……なら強くなれ、星夜」

　蓮は片手で抱きあげたまま、星夜の頭をガシガシとなでた。

「そんで、お前だけの姫を見つけろ」

「姫?」

「そうだ、守りたいヤツがいると、強くなれんだよ。大事な人を守ってはじめて、一人前の男になれるんだ」

　蓮……。

　それが、蓮にとってはあたしだったんだってわかって、うれしかった。

「うん!!　ぼく、強くなる!!」

「よし、男同士の誓いだ」

　コツンッと拳を突き合わせるふたりを、ほっこりした気持ちで見つめる。

「夢月」

「うん?」

　ふたりを見つめていたら、蓮が星夜を抱きあげたまま、あたしに一歩近づいた。

　そして……。

「俺の姫」

「ええっ!?」

　蓮は不敵に笑って、あたしを片腕で抱きよせる。

　直に触れ合う体温に、あたしはドキドキして動揺してしまった。

「夢月に星夜……俺がずっと憧れてた家族の姿だ。こんなに幸せなのは、お前のおかげだな」

「蓮……」

蓮は、家族っていう幸せを感じることができなかった。

今は少しずつ歩みよれているけど、やっぱり幼い頃の孤独は消えない。

それが今やっと……叶ったんだね。

蓮が幸せだって言ってくれたことが、うれしかった。

「あたしもだよ……蓮。どんなに描いても叶わないって絶望してた夢の、ひとつひとつが蓮と星夜のおかげで現実になって……今、本当に幸せだよ」

……泣きたくなるくらいに幸せ。

あたしが今生きているのは、蓮のおかげで、あたしに幸せをくれるのも、蓮と星夜。

「俺たちが選び取った未来だな。愛してる……夢月、星夜、俺の一生の宝だ」

「星夜もあいしてるよ!!」

３人でギュッと抱き合いながら、想いを伝える。

あぁ……こんなにも愛が溢れる。

胸が温かくて、満たされていく……。

「あたしも……ふたりが大好き。蓮、星夜……世界で一番、愛してる」

「あぁ、知ってる」

あたしの潤む瞳に気づいた蓮が、優しく微笑みながら、あたしのまぶたにキスを落とす。

「一生守る、お前たちのこと」

「っ……ありがとうっ」

泣き笑いを浮かべるあたしを、蓮がまぶしそうに見つめた。

ずっと……ずっと、この人のそばで生きていこう。

そして、あたしも守られるばかりじゃなくて、大切な人を守れるようになりたい。

あたしなりのやり方で、ふたりを幸せにするんだ。

「さぁ、ご飯冷めちゃう！　朝ご飯にしよう？」

パンッと手をたたくと、蓮と星夜がうなずいた。

「あぁ、そうだな」

「はぁい!!」

ふたりの返事を聞いて、また我が家は幸せだなと感じる。

特別じゃなくてもいい。

普通であること、ただそれだけでいいんだ。

そして始まる秋武家の朝食に、あたしは幸せを感じながら、そっと微笑むのだった。

After story・END

あとがき

はじめまして、涙鳴です。このたびは、『一番星のキミに恋するほどに切なくて。』を手に取っていただき、本当にありがとうございます。

皆様の応援もあって、2冊目の文庫本を出させていただくことになりました。感謝の気持ちでいっぱいです！

この作品は、サイトで公開している本作の旧版と改装版を合わせた文庫本だけのオリジナル作品になっています。サイトからこの作品を読んでくださった方も、文庫本からの方も、楽しんでいただけたらうれしいです。

このお話は、3ヶ月と限られた時間の中、同じ孤独を抱える夢月と蓮が出会うところから物語が始まります。

家族の死や病気、すべてに絶望していた夢月を照らしてくれた蓮。自分が辛いとき、こんなヒーローが現れてくれたら……そんな思いから、強くてクールでちょっぴり不器用な蓮が誕生しました。

財閥の跡取りで、優しくて、ルックスもカッコいい完璧な蓮にも、料理が壊滅的にできなかったり、食に疎かったりと、可愛い部分もあって、完全に私の好みです（笑）。

皆さんにより作品を楽しんでいただけるように、文庫版では暴走族総長として蓮は普段どんなことをしているのか、細かい設定までしっかり、大事に描きました！

あとがき ≫ 331

　そして文庫限定の番外編では、家族を失った経験を持つ夢月と、家族から愛情を感じることができなかった経験を持つ蓮が結婚して、星夜くんという子宝にも恵まれます。

　ふたりが家族となれたこの場面が、私の一番大好きなシーンです！

　たくさんの試練を乗りこえたふたりだからこそ、幸せを手に入れることができたのだと思います。

　そんな夢月と蓮を、一緒にここまで見守ってくださって、本当にありがとうございました。

　文庫化のおかげで、私の大好きな夢月と蓮にまた会うことができ、新しい幸せな結末を描くことができました。

　これは、この作品を応援してくださった読者の皆様、前作からお世話になっている担当の渡辺さん、スターツ出版の皆様のおかげです！

　夢月のように病気であったり、そうでなくても、人は限りある時間の中でたくさんの選択を迫られることがあると思います。

　そんなとき、蓮のように道を照らしてくれる一番星のような人が、きっと皆様にもいるはずです！

　この作品を読んだ方々に、そんな希望を持ってもらえたら、うれしいです。

　それでは、またお会いできる日を楽しみにしています！

2016.09.25　涙鳴

この物語はフィクションです。

実在の人物、団体等とは一切関係がありません。

一部、喫煙等に関する記述がありますが、

未成年者の喫煙等は法律で禁止されています。

物語の中に、一部、法に反する事柄の記述がありますが、

このような行為を行ってはいけません。

涙鳴先生への
ファンレターのあて先

〒104-0031

東京都中央区京橋1-3-1

八重洲口大栄ビル7F

スターツ出版（株）書籍編集部 気付

涙鳴先生

一番星のキミに恋するほどに切なくて。

2016年9月25日　初版第1刷発行
2019年4月13日　　　第6刷発行

著　者	涙鳴
	©Ruina 2016
発行人	松島滋
デザイン	カバー　平林亜紀（micro fish）
	フォーマット　黒門ビリー＆フラミンゴスタジオ
ＤＴＰ	株式会社エストール
編　集	渡辺絵里奈
発行所	スターツ出版株式会社
	〒104-0031 東京都中央区京橋1-3-1　八重洲口大栄ビル7F
	出版マーケティンググループ　TEL03-6202-0386
	（ご注文等に関するお問い合わせ）
	http://starts-pub.jp/
印刷所	共同印刷株式会社
	Printed in Japan

乱丁・落丁などの不良品はお取り替えいたします。上記出版マーケティンググループまで
お問い合わせください。
本書を無断で複写することは、著作権法により禁じられています。
定価はカバーに記載されています。

ISBN 978-4-8137-0151-4　C0193

ケータイ小説文庫　2016年9月発売

『お前、可愛すぎてムカつく。』Rin・著

真面目で地味な高2の彩は、ある日突然、学年人気NO.1のイケメン・蒼空に彼女のフリをさせられることに。口が悪くてイジワルな彼に振り回されっぱなしの彩。そのくせ「こいつ泣かせていいのは俺だけだから」と守ってくれる彼に、いつしか心惹かれていって…!?
ISBN978-4-8137-0148-4
定価:本体580円+税

ピンクレーベル

『キミじゃなきゃダメなんだ』相沢ちせ・著

高1のマルは恋に不器用な女の子。ある朝、イケメンでクールで女子にモテる汐見先輩から、突然告白されちゃった！ いつも無表情な先輩だけど、マルには優しい笑顔を見せてくれる。そしてたまに見せる強引さに、恋愛経験のないマルはドキドキ振り回されっぱなし。じれったいふたりの恋は、どうなる？
ISBN978-4-8137-0149-1
定価:本体590円+税

ピンクレーベル

『きみへの想いを、エールにのせて』佐倉伊織・著

結城が泳ぐ姿にひとめぼれした茜。しかし彼はケガをして水泳をやめ、水泳部のない高校へ進学してしまった。茜は結城のために水泳部を作ろうとするが、なかなか部員が揃わない。そんな時、水泳経験者の卓が水泳部に入る代わりに自分と付きあえと迫ってきて…。自分の気持ちを隠した茜は…？
ISBN978-4-8137-0150-7
定価:本体590円+税

ブルーレーベル

『テクサレバナ』一ノ瀬紬・著

中学のときにイジメられていた千裕は、高校でもクラスメートからバカにされ、先生や親からは説教されていた。誰よりも頑張っているのに、どうして俺の人生はうまく行かないのか。すべてが憎い。そんなある日、手腐花＜テクサレバナ＞に触れると呪いをかけられると知り、千裕の呪いは爆発する。
ISBN978-4-8137-0152-1
定価:本体570円+税

ブラックレーベル

ケータイ小説文庫　好評の既刊

『最後の世界がきみの笑顔でありますように』 涙鳴・著

網膜色素変性症という目の病気に侵された高3の幸は、人と関わることを避けて生きていた。そんな時、太陽みたいに笑う隣のクラスの陽と出会う。いつか失明するかもしれない恐怖の中で、心を通わせていくふたり。光を失う幸が最後に見た景色とは…？ ラストまで涙なしには読めない感動作！

ISBN978-4-8137-0081-4
定価：本体570円+税

ブルーレーベル

『ただキミと一緒にいたかった』 空色。・著

中2の咲希は、SNSで出会った1つ上の啓吾にネット上ながら一目ぼれ。遠距離で会えないながらも、2人は互いになくてはならない存在になっていく。そんなある日、突然別れを告げられ、落ちこむ咲希。啓吾は心臓病で入院していることがわかり…。涙なしには読めない、感動の実話！

ISBN978-4-8137-0139-2
定価：本体570円+税

ブルーレーベル

『はつ恋』 善生菜由佳・著

高2の杏子は幼なじみの大吉に昔から片想いをしている。大吉の恋がうまくいくことを願って、杏子は縁結びで有名な恋蛍神社の"恋みくじ"を大吉の下駄箱に忍ばせ、大吉をこっそり励ましていた。自分の気持ちを隠し、大吉の恋と部活を応援する杏子だけど、大吉が後輩の舞に告白されて…？

ISBN978-4-8137-0138-5
定価：本体590円+税

ブルーレーベル

『青に染まる夏の日、君の大切なひとになれたなら。』 相沢ちせ・著

高2の麗奈は、将来のモヤモヤした悩みを抱えていた。そんな中、親友・利乃の幼なじみ・慎也が転校してくる。慎也と仲のよい智樹もふくめ、4人で過ごすことが多くなっていった。麗奈は、不思議な雰囲気の慎也に惹かれていくが、慎也には好きな人が…。連鎖する片想いが切ないラブストーリー。

ISBN978-4-8137-0126-2
定価：本体590円+税

ブルーレーベル

ケータイ小説文庫　2016年10月発売

『ウサギなキミの甘え方（仮）』琴織ゆき・著

NOW PRINTING

高1の詩姫は転校早々、学園の王子様・翔空に「彼女にならない？」と言われる。今まで親の都合で転校を繰り返してきた詩姫は、いつまた離れることになるかわからない、と悩みながらも好きになってしまい…。マイペースでギャップのある王子様に超胸きゅん！　ちょっぴり切ない甘々ラブ❤

ISBN978-4-8137-0161-3
予価：本体 500 円＋税

ピンクレーベル

『My Heart（仮）』永良サチ・著

NOW PRINTING

心臓病を抱える高2のマイは、生きることを諦め後ろ向きな日々を送っていた。そんな中、病院で同じ病気のシンに出会う。最初は心閉ざしていたが、真っ直ぐで優しい彼に心救われていく。しかし、彼に残された余命はあと僅かだった。マイは彼のために命がけのある行動に出る…。号泣の感動作！

ISBN978-4-8137-0163-7
予価：本体 500 円＋税

ブルーレーベル

『泣き顔のプリンセス（仮）』cheeery・著

NOW PRINTING

高1の心はクールな星野くんと同じ委員会。ふたりで仕事をするうち、彼の学校では見られない優しい一面や笑顔を知り「もっと一緒にいたい」と思うように。ある日、電話を受けた星野くんは、あわてた様子で帰ってしまった。そして心は、彼の大切な幼なじみが病気で入院していると知って…。

ISBN978-4-8137-0162-0
予価：本体 500 円＋税

ブルーレーベル

『夜の底にて鐘が鳴る（仮）』白星ナガレ・著

NOW PRINTING

「鬼が住む」と噂される夕霧山で、1人の女子高生が行方不明になった。ユウイチは幼なじみのマコトとミクと女子生徒を探しに夕霧山へ行くが、3人が迷い込んだのは「地図から消えた村」で、さらに彼らを待ち受けていたのは、人を食べる鬼だった…。ユウイチたちは、夕霧山から脱出できるのか⁉

ISBN978-4-8137-0164-4
予価：本体 500 円＋税

ブラックレーベル

書店店頭にご希望の本がない場合は、
書店にてご注文いただけます。